集英社オレンジ文庫

宝石商リチャード氏の謎鑑定

久遠の琥珀

辻村七子

本書は書き下ろしです。

CONTENTS

プロローグ 006
一日目 009
二日目 043
その後の日々 194
エピローグ 290

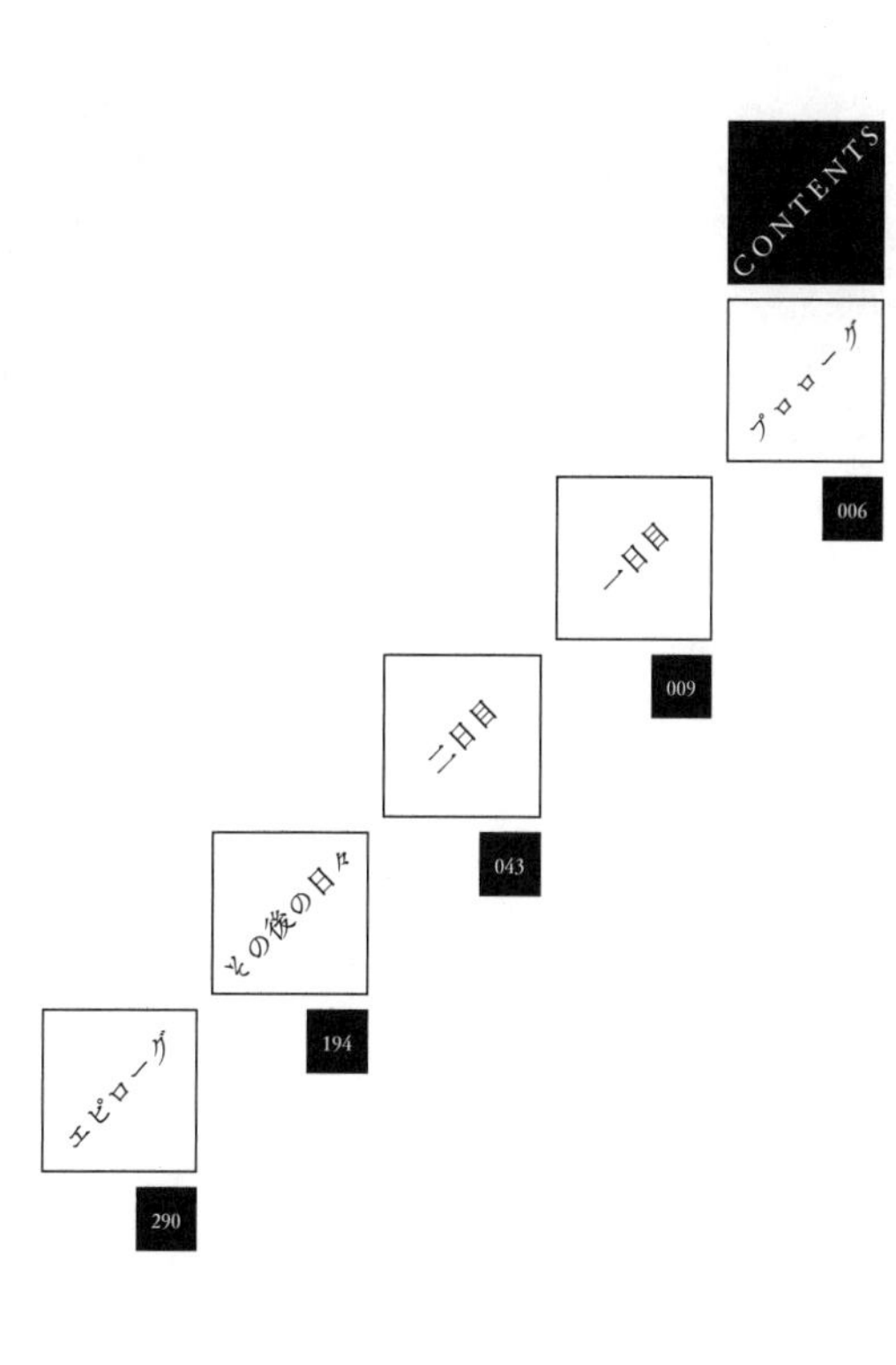

CHARACTER

中田正義

東京都出身。大学卒業後、アルバイトをしていた縁で宝石商の見習いに。名の通り、まっすぐだが妙なところで迂闊な〝正義の味方〟。

リチャード・ラナシンハ・ドヴルピアン

日本人以上に流麗な日本語を操る英国人の敏腕宝石商。誰もが唖然とするレベルの性別を超えた絶世の美人。甘いものに目がない。

イラスト／雪広うたこ

宝石商リチャード氏の謎鑑定

久遠の琥珀

プロローグ

彼は覚えているだろうか。

初めて出会った時のことを。

どこまで覚えているだろうか。

息せききって駆けてきた時、自分がどんな顔をしていたのか知っているだろうか。

安らぎを見つけられるかもしれないと思っていた香港でさえ、飛び石の一つにすぎないと悟らざるをえなかった私が、新たにたどり着いた島国で受けた洗礼は、一台の迷子タクシーと、一杯の酔漢のビールと、一人の正義の味方だった。

こんなやつらばかりじゃないんですと私に弁解した時、彼は気づいていたのだろうか？

世界にいるのは正義の味方ばかりではないということを。

若々しい傲慢さを私は内心笑い、羨ましくも感じた。

そして同時に、ふと思った。

私はいつから、誰かに手を差し伸べることを、恐れるようになったのだろう？

美しいものに手を伸ばす前に、それを失う瞬間を想像するようになったのか？

彼の行為を美しいと思ったわけではなかった。ただ自分自身の姿が極限まで哀れで滑稽に思える時、そこに迷わず踏み込んできてくれる誰かの姿を、少し眩しく思っただけだ。まるで暗闇を照らす、誘蛾灯の明かりに目を細めるように。

ただそれだけのことだと思っていたのに。

あの時、交番まで付き添ってくれた彼は、我々の関係がこれほどまでに深く、長くなるなどと、一瞬でも想像しただろうか？

同じことを自問しても、そんなことはなかった、想像など微塵もしなかったと、私は答えるだろう。答えるだろうが。

ただ、正義の味方の正義と、警察官に自分の名前を書いて示していた彼と、もう一度くらい会えることを祈っていたのは、本当だ。

あの時私は、少しだけ、自分のことを疎ましく思うのをやめていた。美しいという言葉が私に思い起こさせる、『悲しい』という付帯価値すら、光によって影が拭われるように、少しずつ薄くなってゆく予兆のように。

そして同時に、少しだけ、こうも思っていた。

生きた宝石のような心根を持つ人間の『あるべき場所』になれる者は、どれほどの幸せ者だろうかと。

十月八日

しばらく更新できません。
頼りになる人たちと一緒です。心配しないでください。
いってきます。

イギー

一日目

夜の事故であったという。

オクタヴィア・マナーランド嬢が、大規模な雪崩(なだれ)に巻き込まれたのは、彼女が十歳になるかどうかの頃だった。大型車に乗っていたので、雪崩そのものによる身体的な被害があったわけではないが、車は完全に雪に埋まってしまった。停止した車の暖房器具は次第に動かなくなる。暗闇(くらやみ)の中で、運転席と助手席にいた彼女の両親は、両側から一人娘の体を抱いて、一晩中温めたという。

救助がやってきた翌日、輝くように晴れた朝。

雪の中に埋まった車内で、彼女の両親は既(すで)にこと切れていた。

想像する。自分の右と左に父と母の――中田(なかた)さんとひろみの姿があって、小さな俺を助けるために二人が死んでしまうところを。小学生の頃に似たような悪夢を見た気がする。夜明け前に号泣して目が覚めて、ああ夢かと思って、涙も拭(ぬぐ)わず二度寝した。でもあの時感じた、どうしようもない悲しさだけは、今でも胸の隅(すみ)に沁(し)みついて取れない。

だがそれが夢ではなかったら。

もう一度寝て、目覚めても、自分を愛して守ってくれた人がいなくなってしまった現実から、逃れられないとしたら。

覚めない悪夢のことを、一体何と呼んだらいいのか、俺にはわからない。ただそこにある、深く暗い絶望を想像して、少し奥歯を嚙みしめる。

オクタヴィア嬢が『気合の入った引きこもり』になった理由を、リチャードはあくまで淡々と語った。莫大な財産の相続。横暴な君主のような性格形成。加えて誰しもが事件のことを知っていたため、悪役になるのを恐れて彼女を叱ろうとしなかったこと、やりたい放題の呆れた娘という風聞が広まり、なおのこと誰からも距離を置かれる存在になってしまったこと、などなど。

リチャードが大学に在籍していて、ダイヤモンドの相続騒動に巻き込まれる以前のことだ。

俺の鼻がぐずつくのを見越していたのだろう。よくできた愛犬のジローは俺が泣くと、ごしゅじんここでふいていいですからねと顔面にもふもふした毛皮を突き出してくれたので、俺は遠慮なくジローの背中に顔を埋めた。

「……しんどいな」

「話をやめますか」

「俺じゃないよ。オクタヴィアさんがしんどいなって話だ。続けてくれ」

「お茶を飲みなさい。こういう時にこそ、ロイヤルミルクティーは真価を発揮します」

「了解です……」

　庭を望むダイニングの椅子の上で、俺は白いカップに手を伸ばした。話を始める前に、リチャードがティーカップに準備してくれたできたてである。

　カップに触れる前に、俺は一つ、小さな決意をした。

　だがそれはそれとして、まだ話を最後まで聞いていない。

「なあ、さっき『オクタヴィアは誰よりも激しく正義の味方を憎んでいる』って言ってたけど、それはどうして……？」

「彼女が直接、私とデボラにそう告げました」

　何で勝手に死んじゃうの、と。

　彼女は怒っていたという。

　両親に感謝するのではなく、心から腹を立てていたという。

「別に助けてほしいなんて私は頼まなかった、何で私を置いてけぼりにしていなくなってしまったのか、理解できないししたくもない、まるで正義の味方(スーパーヒーロー)気取り、そんなのは嬉(うれ)しくもなんともない、と」

　正義の味方気取り。嬉しくもなんともない。苛烈(かれつ)な言葉である。

でも。

「……それは多分『死んでほしくなかった』『何で死んじゃったの』の、別の言い方だよな」

「おおむね同意します」

今の話を聞いても、俺は「なんて不謹慎な」とは思えない。むしろ正論すぎて首がもげそうである。

雪崩が起きたことはどうしようもない。もし山に本当に神さまがいるというなら、よくもこんな理不尽を見舞ってくれたなと、ねじりはちまきに懐中電灯をさし、両手に出刃包丁を持って襲いに行く相手もいるだろうが、そんなものはいない。気象条件の偶然が引き起こした悲劇だ。

その中で自分のために大切な人が身をなげうってくれたとして。

ありがとうなどとは、口が裂けても言えないだろう。私のために死んでくれてありがとう、なんて、あまりに血が通っていない言葉だ。つらすぎる。

だとしても、人はいつまでも無感動に、無感情には生きられない。ならどうするか。

多分、怒るだろう。誰に？　決まっている。自分のために死んでくれた人にだ。

どうしてまた、そんなことをしてくれたのかと。

永遠に返済できない借金を、無理やり背負わせるような真似を。

もっともっと愛したかったというのに、一方的に愛して終わらせてしまうとは何事かと。受け入れられないことや、乗り越えられない壁に直面した時、ああどうしようと戸惑ってばかりいられる時間はそう長くない。何かのリアクションを起こさなければおかしくなってしまう。人間とはそういうものだと思う。だから彼女は、断固たる受け入れ拒否の姿勢を、怒りという感情で示したのだ。

そういうタイプの怒りもあるのだと、俺はもう知っている。

十代の頃にはわからなかっただろう。しかし、好きで好きで仕方がないから、それだけお前に怒っているんだぞと、面と向かって言ったことも言われたこともある今ならば、少しはわかると言ってよいのではないかと、思う。

彼女の怒りはおそらく、与えたかったのに与えきれなかった愛情の発露だろう。今の話を聞いただけの俺でも、なんとなく想像できる。できるが、それとは別に想像できないのは。

何故彼女が、リチャードを害するような計画を練ったのか。

あるいは加担したのかということだ。

一口以上、俺がお茶に口をつけずに待っていると、リチャードはビジネス用の笑みを微かに浮かべ、気分を切り替えるような間を持たせたあと、そうですねと切り出してくれた。

「……その前にまず、私とデボラと、彼女との関係を整理します」

「あ、ああ。そのほうがわかりやすいよな」

俺は曖昧（あいまい）な笑みを浮かべた。重い話になるだろうという覚悟はあったが、ここまでとは思っていなかったというのが正直なところだ。

俺の心を知ってか知らずか、いや明らかに知っているだろうが、リチャードはゆっくりと話を進めてくれた。

「私とデボラの二人が、オクタヴィアと出会ったのは、彼女が十歳の頃でした。事故があってからまだ数カ月の頃合いです。マナーランド家とクレアモント家の繋（つな）がりは、あるかないかもわからない程度でしたが、我々の学校を経由して依頼が入った時には、多少驚いたものです。外部のカウンセラーもどきとしての役割を期待されていたのでしょう」

「……まあ、お前がいれば、間違いはなさそうだもんな」

リチャードは俺の言葉を適当に受け流して、初めて出会った時のオクタヴィアさんの印象を語った。

曰（いわ）く、静かな間欠泉のような少女だったと。

「かんけつせん？」

「時折熱湯を噴き出しますが、それ以外の時は静まり返っている泉のことです。喜び、怒り、悲しみ、何かの拍子にそれらの感情が溢（あふ）れてきて取り乱すのですが、それ以外のタイミングの時には、虚無というタイトルの人形のように、ただ静かにぼうっとしているだけでした」

「…………『虚無というタイトルの人形』は、俺、言われた記憶があるな」

「覚えているのですね」

「ちょこちょこ思い出してはきたよ。まだあんまり思い出したくないけどな」

俺が『思い出したくない』と思っているのは――つまりけっこう思い出してしまっているということなのだが、俺の生物学上の父親である相手とのイザコザのあと、しばらくホテルで寝込んでいた時期のことである。その時に誰と会って何を話したのか、よく覚えていない期間があって、俺はその間のことをちょっと自分でおちょくりながら『虚無期間』などと呼んでいた。だが痛ましい顔をしたリチャードに、確かにあの時のあなたは――と言われてから、そう呼ぶのは控えている。

確かにあの時のあなたは。

虚無というタイトルの人形のようだったと。

どんな人形だろう。多分ぼうっとしている、人型の何かだ。目は開いているが、特に何も映していない。耳は聞こえるが、特に何も聞いていない。口からものを取り入れることもできるが、特に何の味もしない。話しかけられれば多少は応対するが、何を言ったか言われたか、少しも覚えていられない。

そういう状態のことだ。

そして何かの拍子で不意に、涙が流れたり、テレビに爆笑したり、無暗な怒りの虜になったりする。時々熱湯を噴き出すが、それ以外の時間は静まり返っている間欠泉のように。
おかしな時間だった。

今考えれば、精神がモリモリ回復しようとしていた時期だったのだなとわかる。今はそうわかるのだが、渦中にいた時にはそんなことわかりようがなかったし、そもそも虚無人形なので何かを考えたり感じたり、それをまとめて考察したりできなくなっている。時間が経てばわかるが、その時はわからない。ただ大きな流れにのって、どんぶらこっこと流れてゆくことしかできなかった。

そういう状態の時、なにくれとホテルで世話を焼いてくれる人たちがいたこと以上の幸運を、俺は想像できない。リチャード、ジェフリー、ひろみ、中田のお父さん、大学での便宜をたくさん図ってくれた谷本さん、事情を知っても連絡しないで放っておいてくれた下村。

オクタヴィアさんに、そういう人はどのくらいいたのだろう。リチャードとデボラさんは、きっとそういうサポートをしてくれたのだと思う。だが、その他には？

リチャードに尋ねると、彼女には使用人がいましたという曖昧な答えが返ってきた。使用人というのは彼女がお金を払って雇っている人たちで、愛情や友情などの支えとはまた別の有能さを期待されている人たちのことだろう。

ぽっかりと、俺の心に十歳の頃のオクタヴィアさんの孤独が浮かび上がってきた。その頃からおそらくはいい雰囲気であったであろう、リチャードとデボラさんの二人を、彼女が親のように慕ったとしてもおかしくはない。

徐々に回復の兆しを見せてきたオクタヴィアさんは、二人の結婚式に出席するのを楽しみにしていたそうだ。リチャードとデボラさんの関係の詳細を俺はまだよく理解していないが、イギリスの大学院生というのは、日本の感覚以上に大人であることも何となくわかった。普通に結婚している人たちがたくさんいる場所で、場合によっては学生結婚して同じ学校の別の学科に通っているなんてこともあるという。やりたいことを精一杯やるための場所なのだ。

そんな中で、リチャードの相続騒動が勃発する。

婚約は破談し、リチャードは逃げ、デボラさんもオクタヴィアさんの前から姿を消した。

彼女は再び、一人になった。

「……私とデボラの破談は、当事者以上に、オクタヴィアのことを傷つけてしまいました。自分で自分を殴り飛ばしてやりたい気分ですが、あの時の私には彼女をフォローする余裕がなかった。手紙は書いたように思いますが、追手がかからないように、具体的なことは何も書かなかったのも覚えています。あんなものがどれほどの慰めになったことか……あるいはただの、絶縁状と受け取られたか」

リチャードにはリチャードの都合があった。そしてその『都合』は、リチャードやクレアモント家の人々の裁量ではどうにもならなかったものだ。天災に近い。だから俺としては全面的にリチャードの肩を持ちたい。持ちたいのだが。

オクタヴィアさんがショックを受けたことも、想像にかたくない。

彼女に何と言ってあげればよかったのだろう。『あなたは二十歳にもならないうちに、二度も理不尽な理由で大切な人を失うけれど、人生そういうものだから気を強く持ってね』？　大切な人からそんなことを言われたら、俺だったら言った相手をぶち殺したくなるだろうし、そのあとにそんなことを思った自分の下劣さに死にたくなるほどのダメージを受けるだろう。

いや、特に何も、言われなくても。

そのくらいのダメージを、彼女は確かに受けたのだろう。

俺が彼女だったら、そういう時にどうする。二度目の喪失。今度はどうすればいい。虚無人形に逆戻りすればいいのだろうか。だが二度も同じ状態に陥ることは難しいと思う。俺がまたダメージを受けて、自分で自分のコントロールがとれなくなったとしても、ホテル住まいの時と全く同じ状態にはならないと思う。それはもう『経験してしまったこと』だからだ。経験値として存在することに再び戻ってゆくのは、理性の働きになるだろう。理性の領域ではどうにもならない巨大なダメージに直面したら、それはもう、全てを感情にお任せして、キングコングのごとく何もかもを破壊するくらいでしか、回復の方法が見当たらない気がする。

それが。

彼女にとっては。

ひょっとして。

リチャードたちへの復讐になったのだろうか。

俺は自分の推論を、ぽつりぽつりと口に出していたようだった。リチャードもそれを聞いていてくれる。だが相槌はない。もっと考えろと言われているような気がする。

「……いや……でも、それは変だよな。だってもしそうだとしたら『あなたは私の大事な人なのに何で』って気持ちの発露が復讐になるはずだろう。それであのじいさんのクルーズ船にお前を放り込むのは理屈が合わない」

「自分の大事にしていたものだからこそ、ひどい目に遭わせたいと思うのでは」

「そうじゃないよ」

勝手な話だが、おそらく俺はある程度オクタヴィアさんの気持ちがわかると思う。全てわかるなどとは言えない。だが彼女の暴力的な衝動には、嫌というほど身に覚えがあるのだ。

自分の大事なものを壊してしまいたい。

何故ならそれは大事にする価値がないから。

何故なら自分には大事にする価値がないから。

だがそこで『大事なもの』に該当するのは、外部の存在ではない。内部だ。自分の内側をバラバラにしてしまいたいという衝動がそれにあたる。そして『壊してしまいたい』の実行者にあたるのも、外部の存在ではない。自分自身だ。

自分の大事なものを、外注で誰かに壊してもらおう、などという能天気な無責任さに似た計画性は、耐えがたい怒りの表出とは、俺の感覚ではどうにも嚙み合わない。リチャードを呼び出して顔面平手打ちを見舞ったあと、自分で自分の頭を岩にぶつけるとか、そのくらいのほうがまだわかる。考えたくもないが。

「…………どうして」

「え？」

「あるいは、別の目的のためであったのかと」

「怒りを表す相手ではなく、新しく寄り添ってくれる人間がやってきたとしたら、どうでしょうか」

ええ？　どういうことだ。それがいなくなってしまった時どうするかということを、俺は考えて――。

いや。いたのか。あるいは、やってきたのか。『新しく寄り添う人間』が。

それが。

「私がいなくなった場所に、滑り込むことに成功したのが、クレアモント家の執事室の人々でした」

滑り込む。あまり良いニュアンスではない。そうでなくても、オクタヴィアさんはリチャードが家の事情で姿を隠さなければならなくなったことは知っていたのだろう。

それが何故、彼らに協力を？

俺が怪訝な顔をしていると、リチャードはため息をついて言葉を続けた。大丈夫だろうか。冷蔵庫からプリンを持ってくるべきだろうか。

「オクタヴィアは、執事室の人間にも最初は冷淡だったのでしょう。そもそも心を許そうとしたとは思えません。また、執事室側も、別段彼女とエモーショナルな関係を築こうとは思っていなかったかと。彼らが目指したのは、あくまでビジネス上の関係であった可能性が高い」

ティーンエイジャーの女の子とビジネス上の関係。そういうのを日本では未成年者からの搾取行為と呼ぶ。保護者の必要な相手に大人がとりいって、保護とは別のことをするわけだ。イギリスだってスイスだってことは同じだろう。リチャードもそう思っているのが伝わってくる。だがこれは過去の話だ。今俺がいきりたってもどうにもならない。

「彼らの目的は、私やヘンリー、ジェフリーの祖母、レアがばらまいた、偽の宝石の回収。

タイムリミットは現伯爵ゴドフリーが亡くなるまで、です」

ようやくレアさんの話が出てきた。このあたりの話は現代の話ではなく、第二次世界大戦の時代にもう現役だった世代の話なのでやたらと古めかしいのだが、ともかくその時の問題がまだ片づいていないのだという。スリランカからやってきた白人の花嫁レアさんは、居場所のない社交界で地歩を固めるために、持ち前の宝石の知識で、いろいろなお悩みを抱えていた人々に便宜を図ってあげていた。たとえば高額な宝石が偽物だったりした場合、本物ということにしてそっと買い取ってお金に換えてあげたり。本物の宝石がどうしても必要だけれどお金がないという場合、イミテーションということにして本物の宝石を破格の値段で売ってあげたり。もちろんいけすかない相手にはその逆も。

そういった無茶なやり方で、彼女はロンドンの社交界で隠然たる力を持ち、あまりそういう世界には縁を持ちたがらなかった夫、第八代クレアモント伯爵の支えになった。

彼女の力の源になった秘密取引の記録は、未だクレアモント家に台帳として残っている。

それで困ったのが、現在のクレアモント家の人々である。厳密にいうとクレアモント家で働いている従業員さん、主に主への助言やスケジュールの管理を仕事とする、執事セクションの方々だ。

クレアモント家は現在代替わりの直前である。第九代クレアモント伯、リチャードのおじさんにあたる方が、青息吐息で死にかけている。第十代クレアモント伯になるのは、リチャードの従兄(いとこ)のヘンリーさんだが、相続の際に大規模な税務監査が入る可能性があるという。日本でいうなら、大会社の引き継ぎ業務のどさくさに、税務署が出張ってくるような話だ。

そんな時に、いんちきな取引の台帳が存在するだけでもまずいのに、場合によっては間接的に彼女から受け取ったフェイクジュエリーを、本物だと思って大事にしている人たちがいる。

そういうことは、なかったことにしたい。

後始末をしたい。

何故なら、そうと知りながら偽物を本物価格で売り払うのは詐欺(さぎ)罪にあたるし、彼女は百年も昔の人ではないのでそれらの行為は未だ時効ではないからだ。レアさんはもう故人なので、刑事罰に問われることこそないだろうが、大変な追徴金を払うことになるのは想像にかたくない。とりあえず帳簿をごまかしたら税務署に金を払えということである。

とはいえクレアモント家は巨大な財産基盤を持つ家だ。

普通に払えてしまうだろうと、俺は思う。

追徴金で破産、なんてことにはならない。

リチャードもそう思っているはずだ。

だが執事室の人々は、それでは嫌だと思ったのだろう。何故なら家の名誉に傷がつくから。

少し前まで人種差別主義者がたくさんいた上に、スリランカ生まれの孤児を嫁にとった家のどこに、守るべき名誉があるんですかねと、以前ジェフリーがふざけていたが、執事室の人々は真剣らしい。逆に考えれば、俺の感覚だと「そうなんですね」で終わってしまう一昔前の人々の主義思想や、花嫁の出身地で、イギリスの上流階級の人たちから見下される原因が生まれるのだ。二十一世紀の現代でもなお。

執事室の人たちもそれを理解している。そしてあえていうなら、今以上の不名誉は避けたいと思っているのかもしれない。レアさんの息子である現伯爵ゴドフリーさんが死にかけている今、彼に心労をかけるようなことはしたくないと思って、指揮系統が機能していない現状、暴走に近い状態にあるのだろうと。ジェフリーはそう推察していた。これはヘンリーさんの意見でもあるということだったので、あの兄弟の間ではしっかりと情報が共有されているのだろう。

もしそうなのだとしたら、余計に主の——主の息子たちとその従弟(いとこ)に心労をかけていると、何故その人たちは気づかないのだろう。

何故なら彼らがとった作戦とは。

「結局、執事室の人が考えた『ビジネス上の関係』っていうのは、お前やジェフリーさんたちにジュエリー回収の肩代わりをさせる時の怒りの矛先(ほこさき)を、彼女に向けさせせるってだけの話だろう。オクタヴィアさんにはお前たちが強く出られないってわかっていて、彼女の怒りを盾にして」

「そういうことになるでしょう」

「かなり控え目に言って、その大人たちの感覚は『どうかしてる』よ」

「同意します。そして何よりも腹立たしいのは、過去の私にそれを阻止する手立てがなかったことです」

執事さんというのは、日本人である俺のイメージでは、御主人の幸せのために何くれと世話を焼いてくれる初老のおじいさんのような存在である。想像は想像であってそれ以上のものではないが、ああせよこうせよと主人に命じたりするイメージはなかった。実際にはもっと業務的なものだとリチャードは言っていたが、それにしても。

「……やっていることに、人の心がなさすぎる」

「私もそう思います。それを言うならば『名誉』の考え方にも、人の心は不要なのかもしれませんが」

名誉。英語ではしばしば耳にする言葉だが、日本語にすると途端に古めかしくなる。風聞や、高額の寄付なんかに関係した、ちょっと気取ったニュアンスの言葉だ。

そういえば、同じく風聞に関係した英語に、ゼイ・セイ、という表現がある。直訳すれば『あの人たちがそう言ってる』で、文法的な意味は『と言われている』。

そういう噂がある、風説がある、言っているのは私や私の知り合いじゃないけど——という意味だ。

名誉の保持とはつまり、そのゼイ・セイの中身を、できる限り穏当にしておくということなのかもしれない。だとしたらそれは、完璧なよそゆきの顔づくりということになる。そこに人情の介在する余地はない。弱みは弱み、強みは強みだ。こういう噂がありますよね、という風聞一つで、名誉には亀裂が生じてしまう。そして二十一世紀の今、『貴族』とはつまり、名誉の塊のようなものなのかもしれない。それはどこか、アンティークの宝石に似ている。保存状態が命。

価値を保持したいのならば、クラック、つまりヒビなど許されない。クラックの芽をあらかじめ取り除こうとしているのが、クレアモント家の執事の人たちなのだろうか。まるで企業のイメージ戦略部だ。イメージといえば、リチャードにひどいことをしたじいさまが理事であったガルガンチュワ・グループは、セクハラ訴訟でイメージダウン、事実上の終焉だと噂されている。まあそれは今回の件とは一応無関係だ。

「生身の人間を蔑ろにしてまで守りたい『名誉』って、俺には『不名誉』にしか思えないけどな」

「であればこそあの遺言の解放に、あなたの登場を待たなければならなかったのでしょう」

「あ」

「少なくとも天秤にかける価値があると、思っている人間がそこそこは存在するようです。そうでなければ、誰かがあの金庫のあったクレアモント屋敷を燃やしていたはずです」

リチャードの言葉は重い。『ダイヤモンド』の相続者に選ばれたリチャードを、クレアモント家の人々は誰も助けてくれなかった。条件に合う相手と結婚すれば相続できるのだから、誰か適当な相手と結婚すればいいと言うばかりだった。

そしてデボラさんとリチャードの道は、分かれた。

空気がずんと重くなったのを感じ取ったように、リチャードは言葉を切って立ち上がった。

「そろそろジェフリーから追加の連絡が入る頃です。待ち受けて差し上げましょう」

「お、おう」

そして心安らかなティータイムを過ごしていると、リチャードの端末が震え始めた。着信者名を確認してから、慣れた手つきでスピーカーホンに切り替えると、聞きなれた声が飛び出してくる。

だが今回は、いつもよりも声のトーンが低かった。

『こんばんはー。中田くん、そっちは今日、何食べた？』

「いきなりですか？　ええと、中田プリンと、オムライスの残りに、シチューを少し」

『羨ましいー。こっちはお手軽にエナジーバーだよ。僕もそっちに行きたいなあ。っていうか行きますけど』

　ああ、やはりか。

　もちろん中田プリンを食べに来るわけではない、プライベートジェットでスリランカへ——つまり俺たちの場所へと向かっているオクタヴィア嬢に、ジェフリーも会いに来るのだろう。彼女が外へ出るのは、雪崩の事故があって以来、壮絶に久しぶりのことだという。次がいつになるかもわからない。四の五の言わずに出向くしかない状況だ。

　この自称リチャードのお兄さんは、俺が虚無人形になっている時にも世話を焼いてくれた恩人中の恩人のような人で、そのバイタリティたるや土日銀座勤務平日海外業務のような生活を送るリチャードすら凌駕する規模である。地球のあっちこっちをすっとんで生活している、大きな投資企業のタレント、顔の役割を果たしているのだ。いわゆる上客向けのＩＲというやつだと思うのだが、彼からもらった名刺の肩書は、それとは少し違っていた。もう少し裁量が大きいやつですねと補足してもらったが、今でも全てはわからない。

「ジェフ。追加の情報は」

『今は特になし。飛行プランからして、オクタヴィアはまだそっちには到着しないでしょ。準備を整えておいて。僕は彼女より少し早めに、スリランカの国際空港に到着すると思う』

　そうなのだ。この場合ありがたいことになるのかもしれないが、現在のスリランカでばりばり機能している国際空港は、コロンボ郊外にあるバンダラナイケ国際空港ただ一つなのである。日本であったら、成田に来るのか関空に来るのかと気をもむ場面だが、この国の場合そういうことはない。ちなみに俺たちがいる地方都市キャンディから空港までは、車で数時間といったところだ。まだ準備をする時間はある。

だからその間に、リチャードは俺に、オクタヴィアさんや執事室の情報をありったけ教えてくれようとしているのだが、いかんせん空気が重い。スリランカで仲良くなった雑種犬のジローを撫でまわしたいが、時刻は夜の十時である。ジローはさっきから床に敷いたマットトレスの上で爆睡している。ごしゅじんもうよるですよと嫌な顔をされる悲劇は回避したい。

あれこれ考えているうちに、ジェフリーは煮えきらない声をあげた。何だろう。

『ただまだ未確定情報なんだけど……あ、ごめん』

端末の向こうで、ジェフリーが派手に咳きこんでいた。喉に何かがつまったという感じではなく、もう咳きこみ慣れている風情だった。風邪ですかとリチャードが尋ねると、うんただの疲労と言う。どんな疲労だ。

「ジェフリーさん、少し寝たほうがいいんじゃないですか」

返事はなかった。リチャードは何も知らないというふうに涼しい顔をしているが、内心心配しているのが丸見えだ。

俺は奇をてらって、海外ドラマに出てくるニューヨーカーのような口調で、ヘイ大丈夫ですかと話しかけてみると、ジェフリーは吐息のような声で笑った。

『……ニューヨークと繋がってたんだっけ？』

一瞬、たじろいでしまうほど優しい声がして、俺は黙り込んだ。即座に咳払いの声が入り、ジェフリーが仕切り直す。

『ああごめんごめん、何でもない。未確認情報っていうのはね、ヘンリーのこと』

ボケに対するツッコミもろくになかった。やはり調子が悪いらしい。ヘンリーとは？ とすかさず問うリチャードの声も、どちらかというとジェフリーが心配そうだった。

『……行きたいんだって。どうしても』

「どこに」

『スリランカ。彼も今、そっちに向かう準備中のはず。もう説得も何もない勢いで。まだギリギリ電話は通じるかもしれないけど』

何だって。

俺とリチャードが顔を見合わせているうちに、ジェフリーは唸った。

『あーもー、これじゃ一足早い全員集合だよ。お父さまが亡くなればどうせまた顔を合わせるのに。家のほうは大騒ぎになってるから、遠出は正解かもしれないけどね』

お父さまが亡くなればと、ジェフリーはぽんと口に出したが、肉親の死に直面している時に仕事を片づけ飛行機の情報を手に入れ国際電話までかけてくれる行動力と優しさに、俺は驚嘆する。

彼は一度は、リチャードの敵に回った人だが、リチャードへの情を捨てきることはできなかった。そしてごたごたが片づいた今は、どこまでも俺たちの世話を焼いてくれる優しいお兄さんになっている。

まるで終わらない罪滅ぼしをするように。

本当に、名誉とは、一体何なんだ。

「ジェフ」

リチャードが従兄の名前を呼んだ。いつもは少し、冗談がかって厳しいのに、今はとても優しい。

『……ん？　なに』

「寝なさい」

『寝たよ。それに僕もこれからタクシーで空港。どうせ機内でまた眠るし』

「ではタクシーの中でも眠りなさい。あなたの声はまるで半分眠っている牛です」

『……山羊あたりがタイプなんだけどな。まあ仕方ないね。了解、ちゃんと寝ます』

「では、のちほど」

『はーい。アデュー』

抑揚のあるふざけたフランス語のあと、回線はぷっつりと切れた。普段ならばもう少し、リチャードをからかって遊びそうな人なのに。

俺がそんなことを考えている間に、リチャードは間髪容れず、別の誰かに電話をかけ始めた。シャウルさんだろうか？　違う。

呼び出し相手の名前が目に入り、俺はぐっと言葉を飲み込んだ。やたらと長い呼び出し音のあと、リチャードはスピーカーホンモードを終了させ、携帯端末を耳に当てた。

「ヘンリー。お久しぶりですね」

ヘンリー・クレアモント。

次期クレアモント伯爵にして、かつてリチャードのもとにジェフリーを派遣した張本人。でも実際のところは、大きな波に翻弄されて、どうしようもない運命に流され続けてきた被害者。少しずつ快方に向かっているものの、まだ心の闇と向き合い続けている人。ついでに俺の友達下村のセッション仲間。でもそれはリチャードには秘密だ。今はまだ。というか、いつ切り出せばいいのかわからない。

二人は穏やかな英語で喋っていた。ヘンリーさんは日本語を喋らない。下村との繋がりができたことだって、ジェフリーとリチャードという、彼の大事な相手二人が堪能な言語に、自分一人だけ縁がないのは寂しいからという理由だった。

今のリチャードは、俺を相手にする時よりも丁寧に、優しく、ヘンリーさんとおしゃべりをしている。おかげで聞き耳を立てようとしなくても、俺にも内容がわかる。

何故、スリランカへ。

責める口調ではない。ただ理由が知りたいのだとリチャードは告げていた。ヘンリーさんの体調を心配してのことでもあり、もういつこと切れてもおかしくない病の床にいるヘンリーさんの実父ゴドフリー卿（きょう）のことを案じての話でもあるのだろう。親の死に目に会えない、というのは日本語の言い回しだが、死に目に会えないことを悲しく思う心に国境はない。

本当に来る気なのか、大丈夫かと、リチャードは失礼にならないよう、言い回しを変え続けながら案じていた。

そして沈黙。

ヘンリーさんが言葉を編んでいる間だった。

リチャードが待つこと数十秒、穏やかな声の持ち主は、ぽつりぽつりと喋った。

『私は、行動したい。何故なら、行動しなければ、変わらないから。私は変えたい。何もせず頭を抱えていただけだった自分自身を。だから、行動する。今度こそは』

はっきりした口調と発音の、わかりやすい英語だった。

不思議だ。彼はイギリス生まれのイギリス育ちのイギリス人であるはずなのに、たどたどしい言葉からはそういうこなれた雰囲気は伝わってこない。ただ、ヘンリーさんの直球の誠実さが、ひしひしと滲み出ているだけだ。もしかしたら英語の苦手な誰かとの英会話も、少しはこの人の話術の回復の助けになったのかもしれない。

リチャードはしばらく、考え込むように目を閉じてから、そうですかと請け合った。事実上、来ることを了解したという意味になるだろう。だが最後にもう一度、リチャードは言葉を重ねた。

「…………伯爵は？」

『父上は、大丈夫だ。リチャード。そのことは、お前より私のほうが、わかっているよ』

大丈夫だと、ヘンリーさんは繰り返していた。

現状、クレアモント屋敷にいて、最も近くで病床の伯爵を見ているヘンリーさんは、間違いなく三人の中で一番、病人の容態を把握している人物だ。その彼が大丈夫だと言う以上、リチャードにはそうですかと答えるほかないだろう。

そして回線は、切れた。

リチャードが無言で嘆息する。鍋の中に残っているお茶を一杯、おたまですくってきて、カップで差し出すと、リチャードは微笑んで受け取ってくれた。しかし口をつける前に、再び端末が唸り始めた。

何だ。ヘンリーさんが何か伝え損ねたのか。いや違う。着信者名がある。

リチャードはカップを右手に携えたまま、左手で再び端末をタップした。スピーカーホンのボタンである。

「ジェフ」

『再三ごめん』

「私はあなたに」

『寝ろって言ったよね、覚えてるよ。でも、またまたブレイキング・ニュースだから許して。離陸まであと少しだからその間だけだと思って聞いて』

トピックはオクタヴィア嬢の行き先。ジェフリーの言葉は衝撃だった。

彼女の目指す先は、バンダラナイケ国際空港ではないのだという。

つまり――どういうことだ。

「では、彼女はスリランカには来ないと？」

『ごめん、言い方がまずかった。最終目的地がバンダラナイケ国際空港じゃないだけで、目的地はスリランカ。でもバンダラナイケで一度乗り換えるみたいなんだよ』

もっと小さな空港に向かうということか。

彼女の最終目的地は、空港にほど近いコロンボ近郊ではないと。

だとしたら直接このキャンディに乗り込んでくる可能性もある。俺が身構えた気配を察知したのか、違う違うとジェフリーはうなされるように告げた。

『ヌワラエリヤ』

「…………え？」

『申請が出ていた。スリランカ随一の山岳リゾート、お茶の産地で有名なヌワラエリヤに向かってる。そこが彼女の最終目的地だ。宿泊予定地はザ・グランド・ホテル。笑っちゃうよ、せっかくヨーロッパから出てきたのに、また似たようなところに潜り込むなんてね』

俺には言葉の意味がよくわからなかったが、リチャードは納得したように相槌を打っていた。それでは、とリチャードは話を打ち切ろうとしたが、まだ終わらない。

『まだ追伸があるよ。さっきの連絡では、彼女は三カ所寄り道をして、ゆっくりスリランカに向かう予定だって話だったけど、今情報筋を確認したら飛行記録が変わってる』

直行だよ、直行、とジェフリーが言う。

つまり、普通の飛行時間で到着してしまうということか。

ヨーロッパからスリランカまでの飛行時間は何時間だ。インストールしている飛行時間アプリを起動する。世界地図上の目的地をタップすると、大体の飛行時間を教えてくれるもので、リチャードが重宝していると教えてくれたものだ。

十二時間。半日もあれば到着してしまう。

オクタヴィアさんがスイスを出発したのはいつだ。いや、何時間前だ。もうそろそろ到着していてもおかしくない？　ここでのんびりしている暇なんかなかったのか。

取り乱しもせず、しかし何も言わずにかたまっているリチャードを目の当たりにしたように、ジェフリーはため息をついた。

『やってくれるよ、最後まで振り回された。健康状態は良好みたいだね。じゃあリッキー。あとはよろしく。僕も今からそっちに飛んでいくけど、集合はどうする？』

「コロンボにしましょう。どうせ乗る列車は決まっています」

『了解。じゃあ三人分の電車の切符の手配は任せたよ。着陸時間はもうアプリに送信してあるから。それじゃあ』

「ジェフ」

『……なあに』

「寝ろと言っても眠れない時があるのは知っていますが、ゴロゴロしているだけでも、いくらかは体が休まるものです。あまり無理をしないように」

『…………あーごめんね、ちょっと混線したみたいだ。半日後くらいに会おう。それじゃ』

ずっ、というはなをすするような音とほぼ同時に、回線は切れた。

俺はしばらく何も言えなかった。オクタヴィアさんのことは考えるまでもない。だがそれ以上に、今回は消耗の激しい人物がいるようだ。迷路の中を動き回る実験用のネズミ、あるいは高速で移動する点Pのように動き回りながら、情報収集と情報伝達を一手に担(にな)っているのだから、当たり前だろう。俺にすらわかることだ。

だというのに、彼は何故。

「なあリチャード」

「何です」

「どうしてジェフリーさんは、お前に優しくされると……優しくされなかったことにしちゃうんだろうな」

うまく言えないが、彼はリチャードからの優しさを受け取らない。しょっぱい対応をされると嬉しそうに嫌がるのに、その逆は受け取ろうとすらしないのだ。

まるで自分にはその資格がないとでも言っているように。

リチャードは軽く肩をすくめ、至極つまらないことを告げるように言った。

「罪滅ぼしをしているつもりなのでしょう。彼は未だ、彼自身も先祖の呪いにかけられた人間の一人であると認めようとしていない。彼一人がどうにかすればよかったのだと、あるいはどうにもしなければよかったのだと思い込んでいる。メサイア・コンプレックスの亜種でしょうか。つまらない話です」

「……俺がお前の立場だったら、もっと積極的に優しくして、どんどん仲良くなろうとしちゃうかもしれないけどな」

「そして私から彼に『あなたがやったことは仕方のなかったことだ』『もう怒っていない』と、そう告げろと？」

リチャードの語調は厳しかった。

途端に俺は、暗い、重い石を飲み込んだような気がした。

俺が黙り込み、首を横に振り、ごめんと頭を下げると、リチャードは再び笑った。力の抜けた笑みだった。

「勘違いしないように。私が今言ったことは事実です。私のライフプランに大規模な変更を強いたのは、彼の行動の結果ではなく原因です。ゆえに、彼の行動に関して、私は既に怒りを覚えてはいない。ですが、私がそのようなことを告げたら」

ジェフリーの罪悪感や、自責の念は、一体どこへ行ったらいいのだ。

誰にも責めてもらえないつらさというものがあるとしたら、それは一体、どういうつらさなのだろう。どのくらいのつらさなのだろう。全ての人間に「お前のせいだ」と責められるのと、全く責めてもらえないのとでは、どちらがつらいのだろう。比べられるものではないと思う。つらさというのは主観的なものだ。数字で切って分けてこっちのほうがいいと言えるようなものなら、世の中にこんなに悩みや苦しみは溢れていないはずだ。

そして何よりも俺がぞっとしたのは、もし万が一リチャードが、俺が考えたように『もういいよ、また仲良くなろう』とでも彼に告げていたとしたら、ジェフリーは『そうかあ』と、いつもの気のいいお兄ちゃんの顔で笑って、申し出を受けてくれていたような気がすることだ。

そうなったら彼は、それっきり、その話を蒸し返そうとはしない気がする。

そしてそのまま、ずっと、同じ笑顔で俺たちに接してくれるのではないだろうか。
彼一人が全てをなかったことにはしないままで。
それは、恐ろしい。あまりにも寂しい。だったら蒸し返されるほうがいい。リチャードもそう思っているのだろう。大事なことを勝手に諦められるより、お前あのことは許してないからなと何度も言いつらねることで、あるいは思い出させることで、飲み込んだきり吐き出そうとしない毒の中和剤を繰り返し注ぎ込むほうがいい。

それにしても。

「リチャード、お前と、お前の兄弟……じゃなかった」
「従兄弟ですが、兄弟のようなものです」
「……うん。お前と、ジェフリーさんと、ヘンリーさんは、みんな優しい人だよな」

それぞれ違うのに、何故かみんな、とても優しい。
形の違うクッキーなのに、同じ生地からつくられたように、どれもほっこりとあたたかい味わいがある。だが同じだけ寂しい味がする。優しさというものは寂しさと隣り合わせなのかもしれない。

美貌の宝石商は、久しぶりに見せる、少し気取った表情で俺を顧みた。美しすぎてくらくらするが、今はそんなことを言っている状況ではないだろう。

「優しいだけでは生き残ることができません。宝石とは『ある程度硬く、加工しやすく、美しい石』であることをお忘れですか。我々が優しいというのなら、それは強さの裏返しであることをお忘れなく。イギリスの貴族とは、さかのぼれば喧嘩に強かった野蛮人の末裔ですよ」

「強くて美しくて優しいってことか」

「そうありたいとは思っていますよ。さて」

「準備か。戦に備えなきゃな」

「いえ、今日はもう寝ましょう。行動開始は明日の朝からです」

ジェフリーの飛行機が到着するまでにはあと六時間かかる。もう外は暗い。いつものごとくジローをお隣さんに託せるかどうかだけが気がかりだが、片道四時間かかるコロンボまで車で赴くのも、シャウルさんの社宅の駐車場に車をとめて、コロンボの中央駅に向かうのも、そこで切符を買うのも、確かに夜中に勇んでもどうにもならない話だろう。だったら寝よう。

そして英気を養って、明日の戦いに備えるのだ。

「……リチャード」

俺が声をかけると、何です、とリチャードは俺を見てくれた。ほの暗い部屋の中で、青い瞳の白目が、水晶のようにきらりと光る。

「全部……うまくいくといいなあ」

最初、全部うまくいくかな、と俺は言いかけた。誰かにそう尋ねたかったのだ。全部うまくいかないような気がして不安だったから。だが考えてみれば、そんなことはリチャードも同じだろう。美しさこそ神さまや天使のようではあるが、こいつだって俺と同じ一人の人間だ。

リチャードは薄暗闇の中で微笑み、頷(うなず)いてくれた。

「ええ。本当にそうですね」

祈りを共有するような、確認し合うような、つまらない会話のあと、俺たちはそれぞれ就寝の準備に取り掛かった。とりあえず寝よう。こういう時こそ一番大事なことだ。

夢見心地のジローはマットレスの上で、ぐうーと低く喉(のど)を鳴らしていた。

二日目

ヌワラエリヤ。

舌を噛(か)みそうな名前だが、スリランカにいるとそれなりに耳にする地名である。一度は行きたい旅行先ってどこ？　ヌワラエリヤかな。このお茶の葉はどこのもの？　ヌワラエリヤだよ。どこにゴルフをしに行くって？　ヌワラエリヤさ。

最初に聞いた時俺は、ヌワラという名前の場所(エリア)のことなのかなと思ったが、そうではなかった。古いスリランカの言葉で、ヌワラは都市、エリヤは諸説あるようだが輝きを意味する。輝く都市ということだ。ヌワラ・エリヤ。ヌワラエリヤ県という県もあるが、狭義では同名の州都を意味することが多い。高地の町で、夏でも気温は低く、夜はこごえるほどだという。いわゆる避暑にぴったりの場所だ。

コロンボの駅から、電車で六時間の距離である。

長い。だが飽きはしないだろうと、駅で切符を売ってくれたおじさんは笑い、事実その通りだった。

水色の列車は、激しく蛇行(だこう)し、徐々に高度を上げながら、緑の景色の中を走り抜けてゆく。はじめのうちはスリランカでお馴染(なじ)みのジャングルだったが、先へ進むにつれ、景色は一変した。

一面の茶畑。

茶畑が広がる。

段々畑にお茶の植え込み。

輝くような若葉色の茶畑。

それがえんえんと続く。

リゾートスタイルの女性が、大砲のような一眼レフを構えて景色を撮っていた。金髪碧(へき)眼(がん)に黒いタンクトップにビーチサンダル。電車の床に座り込んで、足を列車の外に垂らしている。危なっかしいが止める人は誰もいない。そもそも列車の扉がロックされないのだ。押したら開く。長距離移動列車の扉が閉まらない。日本の感覚ではない。落ちたら大怪我、打ちどころが悪ければ死ぬと思うのだが、まあ、多分、大丈夫なのだろう。

窓の外の景色は、ずっと茶畑だ。

茶畑。茶畑。たまにカラフルなヒンドゥー寺院。そして茶畑。

一面の緑にめまいを覚え、俺は座席に戻った。一等車は車両の壁にテレビがついていて、何故(なぜ)か韓国語の字幕のハリウッド映画がずっと流れている。スリランカの電車とは思えない豪華な設えだ。ちなみにキャンディからコロンボを往復する列車に雨の日に乗っていたら、壁と窓の隙間から派手に水が漏ってきて、頬杖をついていた俺の腕はびしゃびしゃになった。だがこの列車には、そういう心配はなさそうだ。何しろ向かう先が、スリランカ有数のリゾート地なのだから。投資されている金額がかなり違う感じはする。開きっぱなしの扉はともかく。

それにしても。

眉間を揉みほぐしていると、リチャードが俺の顔を覗き込んできた。

「どうしました。写真を撮り疲れましたか」

「……や……プランテーションって言葉の意味を、考えてた」

「グッフォーユー、と言うべきでしょうか」

「サンキュ」

どこまでも広がる、同じ作物の畑に、俺の頭は不意に理解してしまった。

ああこの畑は、ここに住んでいた人たちのためのものじゃないのだなと。

関東平野の近くなんかに住んでいると、少し都会から離れるだけで田園風景が必ず目に入る。広がる水田、小さなお社、そしてその中に佇む農家の姿。そう、畑の中には必ず家があるのだ。この畑はあの家の人のものなんだなと何となくわかる場所に、家が必ず。農薬散布に飛行機が必要になるアメリカほどの土地は日本にはない。家と農地はセットなのだ。

だがこの茶畑の中には、家がない。畑がずっと広がっている。

電車で走れども走れども、ただひたすらに畑である。

レールの右にも左にも、まっすぐに畝が広がっている。ここから先はお隣さんの畑だから畝の形が違うとか、土地の境界線には土塁があるとか、そんなことは微塵もなく、ひたすら巨視的な計画に基づいて、畑が運営されている。それ以外の場所はほとんどジャングルだ。家どころか、農作業をするであろう人たちが使えそうな休憩スペースもない。

この畑は、ここにもともと住んでいた人たちが造営したものではないのだなと、それでわかった。農作業をするための人たちを大量に連れてきて、またその人たちの宿舎まで連れて帰るための設備も一緒くたに考えられた、大規模農園というやつだ。作業をする人間のための畑ではない。農作業をする人間も、畑のパーツの一つとして考えられている。

これがいわゆるプランテーション、国際的に高く売れる作物だけを作りまくる、植民地時代の大規模農園経営の畑かと、俺は言葉の意味を体の中で噛みしめた。

この言葉は、中学の社会の授業で覚えたものだ。植民地経営とセットでやってくる、宗主国のための農業形態。他国との貿易ありき。従来の農業や土地利用など、関係ない。

スリランカはイギリスの植民地だった。そのことは知っていた。だからこそ、もとは有色人種しかいなかったこの島に、白人のレアさんが当たり前に暮らしているようなことがあり、キャンディにある人造湖の名前も『ヴィクトリア貯水池』であったりするのだ。

　だが俺は、自分の暮らしている範囲外のことには、本当に無頓着だった。そもそもどうして、スリランカの名産品が、中国で生まれた『お茶』なのかだって、あまり深く考えていなかった。

「また眉間に皺が寄っています」

「あ、ああ」

「我々はまだ前哨戦にすらたどり着いていません。今は休みなさい。見なさいあの男を」

　見なさいとリチャードが促したのは、白いマスク、黒いアイマスク、耳栓、毛布、分厚いスリッパにニットキャップを装備した『一人ビジネスクラス装備』とでもいうべき姿で爆睡する、顔立ちのよくわからない誰かだった。ジェフリーである。

　電話口で心配させられたのが嘘のように、彼は小さなキャリーバッグを携え快活にスリランカにやってきて、リチャードの予約した長距離列車の一等車に乗り込むと「寝ます」と一言宣言し、ミノムシのような姿になって英気を養い始めた。起こすのは骨だろう。少し安心した。電車に乗り始めて三時間、通路を抜けてゆく人が異様な風体にぎょっとする顔にも慣れてきた。

「あなたもあのくらい、堂々と休めるようになるべきでは？」

「……か、考えとく」

「考える必要はありません。このところ、あなたは少し考えすぎです」

まあそこがよいところでもあるのですが、と冗談めかした口調で言いながら、リチャードは俺に微笑んでくれた。ほっとするのと同時に、少し申し訳ない気分になる。心に一番の重荷を背負っているのは、オクタヴィアさんの家庭教師だったリチャードだろうに。

俺の沈黙に、美貌と優しさの化身が何かを察する前に、俺はあわあわと言葉を紡いだ。

「そ、そういえばさ、このあたりは、イギリス統治時代のプランテーションで、茶畑になってるんだろう。じゃあ、その前は……イギリス領になる前は、何が作られてたのかな」

「畑ではありませんでした」

「え?」

「それどころか人もあまりいなかったはずです」

「……そうなのか」

「当時のスリランカの人々が切り開くには、このあたりの山は急峻に過ぎました」

そう言われてみれば、ヌワラエリヤは高地である。日本でいうなら箱根のようなところというリチャードの説明の通り、高度はどんどん上がってゆき、時々耳が痛くなる。切り開くのは大変だっただろう。

だが。

単純な疑問だが、誰がこんな畑を作ったのだろう？

イギリス人がイギリス人の労働者を連れてきたとは考えにくい。人件費の低い土地に工場をつくって安く服を作らせるように、現地の人を労働力に取り込んだとばかり思っていたのだが、だとしたら家がないのは不自然だ。

「正義、あなたは強制連行という言葉を知っていますか」

「そ、それは知ってるけど……ああそうか……」

「当時、このスリランカや、すぐ傍にあるインドを支配していたのは、大英帝国ではなく、大英帝国の中にあった大会社、東インド会社でした。東インド会社のことは」

「少しは知ってるよ。植民地経営をしてた『会社』だろ」

東インド会社の持ち物を羨ましがるヴィクトリア女王、という風刺画を見たことがある。女王よりも会社のほうが金持ちだという意味だろう。事実植民地時代の東インド会社は、日本人の高校生が勉強する範囲でも、相当やりたい放題をやっていたはずだ。

「ベリーウェル。会社というものは利益を追求するものです。人出の足りないところには、あるところから連れてくればよろしい。できるだけ近くならばなおよい。それが会社の考え方でした」

ヌワラエリヤでお茶を摘む労働に『使われた』のは、主に南インドから連れてこられた人々だったという。タミル人だ。そして東インド会社は、土着のシンハラ人を支配するために、タミル人に権力を与えた。結果として、二つの民族間はギスギスし、その怒りは支配者である東インド会社には向かいにくくなる。

分断して統治せよ、というやつだ。

途端に俺は、スリランカの複雑な民族事情について、また一つ理解を深めてしまった。達成感を得られるような知識ではないにしても。

「…………お茶、俺、大好きなんだけどな……」

「お茶に罪はありません」

「……うん……」

そしておそらく、東インド会社の恩恵を受けて、アフタヌーンティーなどという習慣を生み出したイギリスの人々も、「お茶っておいしい」以上のことは、あまり考えていなかったのだろう。今と昔は違う。動画配信サイトで「非道な労働に従事させられている」と一個人が世界に発信できるようになったのは、二十一世紀になるかならないかの頃だ。ラジオすらない時代に、海の向こうの何をどう想像しろというのだろう。

東インド会社は一六〇〇年から存在した。解体されるのはインドで大きな反乱がおこった十九世紀、一八〇〇年代の半ばだったはずである。長い。日本では徳川幕府の時代がずっと続いていた頃に、スリランカではヨーロッパの人のための作物がつくられていた。

茶畑はまだ終わらない。ずっと続いている。

気が滅入るほど美しい光景だ。

「……その調子では、ヌワラエリヤに到着したあとが思いやられます」

「え？」

「寝なさい。今のうちに、少しでも気を楽にしておいたほうがよいでしょう」

「どういう意味だよ」

返事はなかった。答える必要がないと思ったのだろう。

果たしてリチャードの不安は、ヌワラエリヤ到着後にしっかりと的中したのだった。

ゴルフ場。

競馬場。

クラシックな郵便局。

何もかもがある。昔の首都から電車で六時間もかかる山の中だというのに、本当に何もかもがある。これは、絶対に、スリランカの人の好みではない。スリランカにやってきた人たちの趣味だ。ここって避暑地に最高。じゃあゴルフ場造っちゃおうよ、いいね。ゴルフだけだと飽きるから競馬場も造っちゃおうよ、いいね。避暑に来た人が手紙を出せるように、郵便局も必要だね、いいね。ゲームか。

そういうジャンルのゲームがあるのは、ヴィンスさんではなくても知っている。神さまだか、資本家だかの視点にたって、土地を開拓してゆくシミュレーションだ。仮想の世界だからできる楽しみだなと思っていたが。

昔、実際に、それをした人々がいたのか。いたらしい。そうでなくてどうして、こんな南アジアの山の中に、巨大な競馬場やゴルフ場のような、西洋的お楽しみ施設が存在する。

タクシーに乗って目的地に向かう最中、全身を硬直させている俺に、助手席からジェフリーが声をかけてきた。

「中田(なかた)くん、リラックス。リラーックス。ここは今でも観光名所として機能して、スリランカ経済に貢献しているんですよ。リチャードはこんなことを言わないでしょうから僕から言いますが、こういう暴力的で一方的な文化交流の果てでも、それなりの作品が残っていれば、案外それが文化遺産になったりするんです。皮肉でしょ」

悪役めいた台詞(せりふ)を言う時、ジェフリーは少し甘い声を出す。どうぞ責めてくださいと言わんばかりの声色(こわいろ)に、俺の頭は冷静になる。三百年前のことに腹を立てている場合じゃない。中身のない義憤は自分のための怒りだ。この場所で三百年生きてきた人たちを踏みにじる行為になりかねない。

「……いや、大丈夫です。どっちかっていうと、当時も今も、お金のある人とない人の差は、激しかったんだろうなって考えてました。ここで遊ぶ人がいれば、お茶を摘む人もいたわけだし」

「おー、そういう着眼点はさすが経済学部」

「ジェフ。首にアイマスクが引っかかったままです」

「おっと。情けないところ見せちゃいましたね。じきに到着しますよ」

俺たちの目的地は、駅からタクシーで三十分ほどの距離だった。

ザ・グランド・ホテル。

一八一九年建造、スリランカのナショナル・ヘリテージ、つまり国家の文化遺産みたいなものに指定されている、非常にイギリス的なホテルである。見たこともないような花が咲き乱れる庭園は、規則正しく刈り込まれ、西洋的な美に満ちている。

しかし何かがおかしい。ホテルの周囲に車が数台とまっている。何かのトラブルが起きているようだ。素早く助手席から降りたジェフリーが、様子をうかがいにゆくと、彼は何故か大笑いしながら戻ってきた。

「リッキー、すごいよ。貸し切りだ」

そしてジェフリーは、ホテルの門の前でトラブルになっている人たちが誰なのかを話してくれた。曰く、彼らは今日このホテルでお茶を楽しもうとしていた観光客で、予約をしていなかったため、今日がどのような日か知らなかったらしい。どのような日？　どんな日だというんだ。

「ホテルの人曰く、今日から四日間、あるいはもっと、このホテルには関係者以外入れない。庭にも射撃場にもビリヤードルームにもね。全部関係者限りの貸し切りで、部外者は立ち入り禁止。だから追い返してる。入ったが最後出られない要塞みたいだね」

もう到着してたんだ、と呟きながら、ジェフリーは再び助手席に乗り込んだ。誰が、など考えるまでもない。

オクタヴィア。

これは彼女の采配か。

どうします、と戸惑うタクシーの運転手に、ジェフリーがゴーと言う。行こう。何故なら俺たちもまた、彼女の『関係者』なのだから。

門の前に立ちふさがっていた、白いお仕着せのスタッフが、また来たよと言わんばかりの顔で近づいてきたが、後部座席の人間の顔を見た時に、おやという顔をした。懐からコピー用紙を取り出して、顔と見比べている。

圧倒的な美貌の男、リチャード。

これほどわかりやすい通行手形もないだろう。

うってかわって温厚な笑みを浮かべた、浅黒い肌のホテルマンは、助手席の窓を開けて頬杖をつくジェフリーの横で身をかがめると、奥のリチャードに向かって告げた。

「いらっしゃいませ。お待ちしておりました。リチャード・クレアモントさま、ジェフリー・クレアモントさま、セイギ・ナカタさまでお間違いありませんか」

「間違いなく」

「お通りください。準備は整っております」

準備。

これはまた、手のひらの上で転がされるコースだろうかと思いながら、俺たちは車に乗ったまま、ホテルの入り口へと進んでいったのだった。

到着後すぐ、麗しいイングリッシュ・ガーデンと暖炉のある広間を抜けて、ロビーに踏み込むと、見知った顔の人が立っていた。

「こんにちは。まさかまさかのヴィンセントです。中田さん、驚いてくれましたか？」

「正直いるかなとは思ってました」

「ちぇ」

「……ヴィンス」

「よう、リチャード。お前とはあの船以来だな」

クラシックなホテルの内装に相応しく、今日のヴィンスさんは素晴らしい出で立ちだった。茶色い髪をワックスでかため、時代劇に出てくる忠実な使用人のような黒いお仕着せを着ている。白いタイ、白手袋まで着用しているのだから念入りだ。オクタヴィアさんの指示なのだろうか。

「二人にはオクタヴィアお嬢からの伝言をお伝えします。はい、こちら」

お嬢。ヴィンスさんは彼女のことをそう呼ぶのか。

驚く間もなく、ヴィンスさんはもうお馴染みになった、大型の携帯端末を取り出し、ロボットのように胸の前に構えた。

液晶に映しだされる少女の姿。結い上げたプラチナブロンドの髪に、襟元には琥珀のブローチ。流麗な英語。

『こんにちは、リチャード先生、中田さん。いらっしゃるのならばその他の方。本日は遠路はるばる足をお運びいただき、誠にありがとうございます。ささやかではありますが、パーティの主から、楽しい趣向をお届けしたいと思います。私の使用人から、それぞれ封筒をお受け取りください』

私の使用人、という言葉に従い、ヴィンスさんが俺たちに封筒を与える。指で封を開けてそれぞれ確認すると、中身はカードが一枚ずつだった。

それぞれ一言ずつ、美しいカリグラフィーで英語が書かれている。

ザ・ロード・オブ——何だこれは。

『二通の封筒は、二つの道への誘いです。一つは宝石の道、もう一つは日本文学の道に通じています。お二人はそれぞれ、ご自分が選んだ道に関係したなぞなぞに答えていただきながら、ホテルの中を探検して進んでいただくことになります。リチャード先生、中田さん、お好きな道をお選びください。それぞれの道のりは異なる場所へと続いています』

一つは宝石の道（ザ・ロード・オブ・ジュエリー）、もう一つは、日本文学の道（ジャパニーズ・リタラチャー）。

リチャードの手には『宝石』が、俺の手には『日本文学』があった。美貌の男が軽く眉根を寄せて、かつてのアシスタントに質問をする。

「二人で一本ずつ、それぞれの道を攻略してゆくという選択肢は?」

「ありません。お嬢はそういうのは望んでいないので」

「では、その選択肢を強行した場合は」

「別々に攻略した場合には開いたかもしれない扉が、開かないままになったりするかもしれませんね。ゲームオーバーです」

それではここまでやってきた意味がない。

俺たちの道は分かれるようだ。

さて、どちらを選んだものか。宝石の道、日本文学の道。日本文学の道? そうだ、俺は日本人だし、大学を卒業するまではずっと日本で生まれ育ってきた。だから日本文学だって、日本文学だって、だって、その、何というか——

残念ながら全くわかる気がしない。面目次第もない。

リチャードをちらと見ると、青い瞳の持ち主はすたすたと近づいてきて、口を開いた。

吟（ぎん）じられたのは、和歌だった。

「奥山にもみじ踏み分け鳴く鹿の」

滔々（とうとう）と流れる五七五のリズム。わかる、これは下（しも）の句というのを答えればいいのだ。答えられればの話だが。

「わ、わがころもでに雪はふりつつ」

「……春すぎて夏きにけらし白妙（しろたえ）の」

「わわ、わがころもでに雪はふりつつ」

「春が過ぎて夏がやってきたというのに、何故袖（そで）が雪に濡れるのか」

「山岳地帯の話かもしれないだろ！　ヌワラエリヤみたいなさ！」

後ろのソファでジェフリーが爆笑していた。今日の彼は全体的に笑いの沸点が低い。多分疲れているのだろう。いや単純に俺があまりにも馬鹿（ばか）で愚（おろ）かだったせいかもしれないが。いずれにせよ平均的な日本人の『日本文学』の知識なんてこんなものだ。と思う。そうであってほしい。

選択の余地は、あるようで、ない。全くない。

俺に選べるのは宝石の道だけだ。

オクタヴィアさんにも、きっとわかっていることだろう。

「……えー、僕はどうすればいいのかな。ヴィンセント、久しぶりにそこのバーで何か飲みます？」

「申し訳ありませんが仕事中なので、飲んだくれたければお一人でどうぞ。目の下に隈（くま）がありますから、あまり強い酒はおすすめしませんが。倒れても、最寄りの病院までは山を越えてゆくことになります。それから俺は、あんたと一緒に酒を飲んだことは、一度もない」

「そうだねえ、僕たちは最初から最後までずっと素面だったよねえ」

にっこりと笑うジェフリーの顔には、甘い毒がたっぷりと仕込まれていた。この期に及んでヴィンスさんの古傷をつつくことは、彼自身をも蝕む諸刃の剣でしかないのに、あえてそういう作戦を見せびらかす。彼の終わらない苦しみの端っこを見た気がした。

とはいえヴィンスさんは意に介さず、俺とリチャードに向き直った。

「それで、どうしますか。選択次第で、それぞれお渡しするものが変わりますので。チュートリアル役なんで、説明が終わるまでは退出もできないんですよ」

面倒くさそうな顔に、一瞬、いつものヴィンスさんの表情が滲んで、俺は嬉しくなった。少し笑うと、彼は露骨に嫌そうな顔をする。なお嬉しい。それはともかく。

「リチャード、俺………」

切り出すも何もない話だが、リチャードは俺の顔を真っすぐに見て、再び和歌を吟じた。

「君がため春の野に出でて若菜つむ」

「……わがころもでに雪はふりつつ？」

「正解です」

これは順序が逆だろう。一つしか回答を持っていない相手に合わせて、出題者が問題を考えてくれたのだ。おまけに俺はこの歌の意味もよくわかっていない。

そんな俺の気持ちを見通すように、博識な男は解説を始めてくれた。

「詠み人は光孝天皇。古今集に収録されていますね。言わずと知れた百人一首の歌でもあります。雪のふる野で、旧暦の春に七草を摘む、素朴な風景が詠まれた名作です」

「そ、そうだったんだな……」

「ええ。そしてこの歌の面白いところは、詠み人が男性であるにもかかわらず、『君』が男か女か判然としない、あるいはどちらとも受け取れる歌であるところです。女御であると考えるのが自然かもしれませんが、仲のよい男友達のために、山菜とりにベストを尽くすという意味合いにもとれます。あなたの歌は正解でしたよ、正義」

まっすぐな眼差しは、優しいリチャードさんのものではなかった。

今のリチャードは、宝石商のリチャードだ。お客さまに優しく、身内には厳しい。

しっかりやれと、耳あたりのよい言葉で鼓舞してくれた上司に、俺は満面の笑みを返した。何だか嬉しい。大学生に戻ったような気分だ。我が衣手に雪はふりつつ。

「任せとけ。お前のためなら豪雪のヒマラヤでエーデルワイスの花束だって摘んでくる」

「……ヒマラヤに、エーデルワイス、すなわちセイヨウウスユキソウは、咲かない」

「ものの例えだって」

「ふん」

まあよろしい、とそっぽを向いて呟く時の顔は、いくらかスリランカでリラックスしている時のものだったが、服の襟を直す時にはもう、リチャードは敏腕宝石商の横顔をしていた。

「私が日本文学を、正義が宝石を」

「了解しましたー。ではこちらをどうぞ」

ヴィンスさんはまず先に、リチャードに何かのカードキーと手紙のようなものを渡した。リチャードは一度俺に会釈し、バーカウンターに肘をついているジェフリーに、たいがいにしろよと言いたげな胡乱な、しかしとてつもなく優しい眼差しを投げてから、足早に去っていった。

ホテルは広い。舞踏会が開けそうなこのエントランスホールを抜けると、一体どこへ通じるのだろう。

「はい、じゃあ中田さんにはこれをどうぞ」

手渡されたのは、リチャードと同じくカードキーだった。一緒に渡された付箋サイズの紙に、二〇二という部屋番号が書かれている。この部屋に行けということらしい。

それじゃあと言って去ろうとするヴィンスさんを、俺は呼び止めた。

「あの、俺たちはお互いに顔を合わせないようにしないといけないんでしょうか。さっきの話だと、それぞれの謎は自分で解かなきゃならないって言われていた気がして」

「合わせないようにしないと……っていうか、合わないと思いますよ。自然と一人で解くことになると思いますし」

「スマホで調べたりとか」

「気がついてないんですか？　ここは圏外ですよ」

「うわっ」

そこまでするかという呻き声だったが、ヴィンスさんはおかしかったようで、少し笑っていた。

「スマホゲームの連続ログインボーナスが……って顔じゃありませんね」

「す、すみません、よくわかりません」

「何でもありません。心配しないで、流れに身を任せてください」

そういう誘導になっていると思うので、とヴィンスさんは呟いた。とにかく指令に従うほかはないらしい。ここまできたら乗り掛かった船だ。ベストを尽くそう。

「……気をつけてくださいね。そんなにやわなお嬢さまじゃありませんよ」

俺が振り向くと、既にヴィンスさんは背を向けて去ってゆくところだった。まるで何も言わなかったような素振りで。

お疲れの遊撃兵ジェフリーは、今後もしかしたらやってくるかもしれない誰かを待ち受けて、バーカウンターに陣取ることにするようだ。確かに電波が届かないというのなら、連絡が不自由になるだろう。長丁場の旅に疲れているであろうヘンリーさんを労うのなら、ジェフリーが適役だ。何より明らかに彼自身にも休息が必要だ。まだ時々目の焦点がブレている。しばらくじっとしていてほしい。

頑張ってねと手を振るジェフリーに背を向けて、俺は階段を上った。一歩踏みしめるだけで派手に軋むが、壊れる気配はないので、気にしないことにする。後ろからついてくるホテルのスタッフさんは、おおかた俺が暴れて部屋を壊したりしないようにするための見張り番といったところだろう。

紙に書かれていた部屋は、二〇二号室。

扉の前に立って、俺は少し迷った。中に人がいたらどうしよう。いきなりトラブルになるようなことはないと思うが、油断はできない。ままよ。勝負の時がきたというのは、こういう時に使う言葉なのだろう。

カードキーをかざすと、ジーという音をたてて鍵があいた。

中には——誰もいない。

広い部屋だ。絨毯が敷かれていて、広いクローゼットとバスルームにベッドルームがあって。その三部屋の中央地点に。

飴色の丸テーブルが、ぽつんと置かれている。

動線を考えればこんなところにわざわざ置くものではない。

テーブルの上には、高級レストランの設えに似た陶器の皿や銀食器が並べられていて、中央の皿には銀色の蓋がかぶせられていた。開けろ、ということだろう。

意を決して開ける。

中に入っていたのは、石だった。

宝石だ。

俺の髪の毛のような、真っ黒な石。透明感はない。あまり高さのない、楕円型のカボションにカットされた石が、シンプルな白い陶磁の器に鎮座している。スリランカに大きな工場があることで有名な、日本のブランドの品だ。

そして石の下に、クリーム色のカードが一枚。

『どちら?』

簡潔な疑問だ。ロード・オブ以下略と書かれていたのと同じ、流れるような字体だった。

よくよく見るとナイフとフォークの下にも、伏せられたカードが一枚ずつ置かれている。

ひっくり返すと、裏面にはカードキーが張りつけられていた。絵まで入っている。

右側のカードには、アメリカの先住民族の絵。頭に羽根飾り、顔のペイント。

そして二〇三の数字の入ったカードキー。

左側のカードには、南極か、北極に暮らしている人だろうか、雪にまみれた毛皮の服の人の写真が張りついている。

こちらには二〇一のカードキー。

なるほど。

俺は右側のカードを手に取った。

どうやら俺は、これから宝石や、それに類する石のなぞなぞを出題されることになるらしい。この部屋にあった石はオブシディアン、黒曜石とも呼ばれる半貴石だ。黒真珠と合わせてペンダントにしたりするのをよく見る。

別名アパッチ・ティアーズ。『アパッチの涙』。

アパッチとは、アメリカ合衆国に住む先住民の部族名だ。十九世紀の後半に、入植者たちの騎兵隊と戦った末、敗北よりも誇り高い死を選んだ。戦士たちの死の報せを聞いた妻たちの涙が、黒い石になったという伝説がある。だが彼らの戦いは伝説ではなく、過去の歴史という事実だ。遺された者たちの涙もおそらくは。正解は右側。

カードキーを手に部屋を出て、俺は案内板を探した。

二〇三号室へ進め。

果たしてたどり着いた二〇三号室でも、俺は瓜二つの光景に出迎えられたのだった。

丸テーブル、左右にカード、銀色の覆いの下に標本となぞなぞ。

『正しい順番に並べて、二番目を選んでください。※上から下の順』

白い皿の上に並んだ、傷一つない四種類の宝石。

ダイヤモンド、珊瑚、エメラルド、ペリドット。

俺は唸ったあと、ベッドサイドの『ご自由にどうぞ』と書かれたフルーツバスケットからバナナをむしり取り、問題を凝視したまま真顔で口に運んだ。糖分。謎解きには糖分が必要だ。今にして俺は甘味大王リチャードに一歩近づいたのかもしれない。

この問題の『正しい順番』とは、地殻からマントルにいたるまでの深さの、どの地点で生み出される宝石かという、鉱物学的なトリビアのことだろう。アルファベットやひらがなの順番では簡単すぎるし、『宝石の道』の趣旨にそぐわない。

上から順に、珊瑚、エメラルド、ペリドット、ダイヤモンド。

上から下の順ならば、二番目はエメラルドだ。緊張する上に頭を使う。次の部屋へ。

三番目の部屋のなぞなぞは、カバンシ石とペンタゴン石を見分けてペンタゴン石を選べというものだった。ペンタゴン、つまり五角形の結晶をルーペで見つけ出してしまえば簡単な話だ。

四番目の部屋のなぞなぞは、緑色の宝石の標本の左右に、金と銀が置かれていて、『仲間を選べ』とあった。緑色の石を持ち上げて、左右別々の向きから眺めると、それぞれ違う色に見えた。藍鉄鉱、ビビアナイトと呼ばれる種類の石の特徴だ。かつて新大陸で産出したものが、ヨーロッパに渡って絵の具としても使われた鉱物。有名な産出地はポトシ。

言わずと知れた銀山のある場所だ。よって仲間は銀。

次。次。次。

ホテルの部屋間の移動は階をまたぐようになり、植物園からプールまでまんべんなく駆け巡り、俺は最近筋トレをさぼっていたことを悔やむ羽目になった。どこかでリチャードと顔を合わせたら、無言の笑みで手を振ってやろうと思っていたのだが、会わない。うまく調整されているらしい。あるいはヴィンスさんが交通整理でもしているのだろうか。

しばらく大きな施設を巡らされたあと、たどり着いたのは三〇五号室だった。

キーで扉を開けた時、俺は微かな違和感を覚えた。今までに見た客室より広い部屋だ。少し家具が多いのと、そうか、絵がかかっているからだ。

三方の壁に、絵がある。ほとんどキャンバスを原色で塗りつぶしただけだが、不思議と心安らぐ色合いの、赤、黄、青緑の絵。宝石とは関係なさそうである。

俺は今までと同じように、丸テーブルに近づき、銀色の覆いをのけて、カードをめくった。

書かれていたのは一言、石もひとかけだった。しかも今度は、プラスチックのケースの中。直接石に触れることはできないし、裏返すこともできない。

『わたしの名前は？』

児童文学作品のような問いかけだ。何だかそんなお話を読んだことがある気がする。わたしをたべて、とか、わたしをのんで、とか。ああ、『不思議の国のアリス』だ。

南の国の山の奥、コロニアルなホテルの中で、ただ一人、大金持ちの女の子となぞなぞ。考えようによってはこのシチュエーションも、うさぎの穴に落ちるのと同じくらい、非現実的かもしれない。

ケースの中に入っていたのは、扁平な石だった。美しい水色。順当に考えればターコイズ、トルコ石かラピスラズリといったところだろう。両方の中間あたりの色味に見えるが、おそらくラピスラズリか。

案の定、テーブルの右側のカードにはラピスラズリ、左側のカードにはターコイズと書かれていた。

右側のカードに記された部屋ナンバーを確認し、カードキーをもぎとりかけたところで。

俺はもう一度、プラスチックのケースの中を覗き込んだ。石にごめんなと念じながら、軽く振ってみる。

動かない。はりつけてあるのだ。

俺は眉間に皺を寄せた。

これは本当に、俺が思っているようなものか。

考える。彼女が到着したのはついさっきであるはずだ。それほど大がかりな謎を仕込む時間はないから、こういう二択迷路をつくったのだろうかと朧げに考えていたが、よく考えれば長期間ホテルを貸し切りにする予定を立てていて、ホテル側もその予定をつつがなく受理しているのだ。こういう段取り自体はかなり前から存在したと考えるのが自然だ。

あまりに単純すぎないか？

そもそも俺の頭は、示された二択を受け入れがたく思っていた。

これは本当に、ターコイズ、あるいはラピスラズリなのか？　何かがおかしい。

俺はアリスの男版になった気分で、部屋の中をごそごそと探し回った。ベッドの下、椅子の脚（あし）の下、古風な衣装簞笥（だんす）の引き出しの中。

クローゼットのスリッパの下に、俺の探し物はあった。

カードが一枚。

書かれているのは『ほかのなにか』。

裏側にカードキーは張りついていなかった。『解答はスタッフに』とだけある。俺はうめぼしを十個まとめて噛んだような気分になった。ひょっとして、今までの部屋にもこれと同じものが。俺は今までたどってきた部屋の番号を全て覚えているだろうか。いや、待て。なぞなぞの解答にはどれも自信があった。ひっかけ問題ではなかったと思う。今まではきちんと正答していたはずだ。今回の問題から、新たな趣向が始まったのだ。きっとそうだ。リチャードなら慌てるなと言ってくれると思う。

こんな時こそ、冷静さを保たなければ。

部屋の扉を開けて廊下に出ると、そこには最初から俺に従ってきてくれているホテルマンの人が、未だ静かに立っていた。ただの見張り番ではなかったということか。

あなたに何か解答しても構いませんかと、オクタヴィア嬢のカードを示しながら俺が質問すると、彼は待ちかねていたというような無邪気な笑みを浮かべて、もちろんでございますと応じてくれた。

「ただし、正しい答えを告げてください。そうでなければ、カードはお渡しできません」

「…………」

俺は頭を絞る。あれは宝石ではなかった。だが厳密な意味で考えれば、解答としては間違っていないはずだ。リチャードでもこの答えを選ぶだろう。多分。だから俺もそうする。

「……エジプシャン・ブルー」

ゆっくり、俺は発音した。

エジプシャン・ブルーとは、宝石の名前ではない。もっと言うと石の名前でもない。釉薬（ゆうやく）――つまり、焼き物にかける塗料の名称だ。アレキサンドリア・ブルーとも呼ばれ、雅（みやび）にクレオパトラと呼ばれることもある青。あまりにもラピスラズリが高額であるため、すりつぶさずに同じような美しい青を発色させるために、紀元前三千年頃から、人々が知恵を絞って生み出した色。

あれは石ではない。エジプシャン・ブルーの釉薬を塗ったファイアンス、すなわち陶器の破片だ。

だがターコイズ、ラピスラズリを、『石』の名前ではなく、『色』の名前だと解釈するのならば、解答は『陶器』ではなく、色の名前になるだろう。

スリランカ人のホテルマンは、特に何の感慨もなさそうな顔で、うんうんと頷いたあと、にっこりと笑った。そんな、気を持たせるようなふりをしないでほしい。クイズ番組じゃないのだから。

「仰せつかった通りの言葉です。では、こちらをどうぞ」

大きなため息をつく俺に、彼は封筒を差し出した。むしりとるように開くと、中にはお馴染みのカードが入っていて、再び部屋番号が書かれていた。ぞっとする。もし俺が『ラピスラズリ』か『ターコイズ』のカードを選んでいたら、一体どうなっていたのだろう。間違った部屋に誘導されて、さんざん時間を浪費した挙句、リチャードに迷惑をかけるコースになっていたかもしれない。気を緩めずにいかなければ。

次のなぞなぞは、お皿の上の品の材質を当てさせるものだったが、いかんせん乗っていたのが人形だった。中田さんの赴任先でおなじみ、ジャカルタの伝統的な影絵人形、いわゆるワヤンというやつだ。こんなもの買ってきてどうするつもりなのよという、ちょっと嬉しそうだったひろみの声が脳内にリプレイされ、俺の記憶は中学生の時代まで一気にさかのぼった。中田さん。お前のことを誇りに思うよと、ばあちゃんと同じように言ってくれた俺の大切な人。なあ正義、これはワヤンって言ってな、材質は。

材質は――

いや、思い出そうとしても無意味だ。彼はそんなトリビアは教えてくれなかった。別の記憶と混じってしまっている。あの時に喋っていた相手は誰だっけ。中田さん、ではない。でも年上の男の人だった。シャウルさん、そうだシャウルさんだ。シャウル・ラナシンハ・アリー先生による東南アジア雑学講座。スパイス・ティーつき。刺激的な味と共に小耳に挟んだ記憶がある。確か、確かの話だが。

今回の部屋には左右二択のカードすらなかった。自由解答式ということか。俺は再び回れ右をして、にこにこしながら待っていてくれるホテルマンに話しかけた。

「……バッファロー・ホーン。水牛の角」

大抵の影絵人形は黒い。木製、最近だとプラスチック製の品もあるからだ。だが中田さんがお土産に買ってきてくれた人形には白い素材も含まれていた。あれは何だったのだろうと、確か俺は尋ねず、呟いただけだったのだが、口ひげのダンディな宝石商は魅惑の声でヒンドゥー教の芝居に用いられる人形の素材を教えてくれた。

革、珊瑚、金などで飾られたワヤンは、骨で作られていることもある。

骨でなければ象牙、あるいは水牛の角などを用いることもあると。

問題は、動物の骨と、象牙と、水牛の角の識別である。品によってはワシントン条約で国際的な取引こそ制限されているものの、ラトゥナプラで宝石の買い付けをしていれば、「これは象牙なんだけどね」「鮫(さめ)の歯なんだけどね」と、もののついでのように差し出してくる人々と嫌でも出くわす。ラナシンハ・ジュエリーは手を出さないので買うことこそないものの、目にすることはある。

そして一カ月ほど前、水牛の角でつくられた靴ベラを、取引がまとまった際のおまけにつけてくれた人がいた。俺は固辞したのだが、彼はいいじゃないかと笑っていた。

別に絶滅が危惧(きぐ)されている動物でもなし、普通に使われる素材だし、薄く切って加工しやすいからちょうどいいだろう、と。

そんなわけでスリランカの家にある靴ベラは、手のひらサイズで黒白のグラデーションの水牛の角製である。自分の家の靴ベラの素材を間違えるやつはいない。これに関してはラッキーだったと言わざるをえない。

ホテルマンは再びにこにこと微笑み、俺を新たな部屋へと導いた。カンニングペーパーを確認する素振りはない。なぞなぞの答えを順繰りに暗記せよと言われても、俺なら二問か三問が限界だと思う。残りの旅路はそれほど長くはないのかもしれないと、俺は祈るような思いでいた。今までは幸運で切り抜けてきただけだ。この難易度が続いたらまずい。

階段を立て続けに下りた先、次の部屋は、ビリヤードテーブルのある部屋だった。今にも煙草(たばこ)をくわえた英国諜報(ちょうほう)部のイケメンが登場しそうな佇(たたず)まいである。

だが俺を待ち構えていたのは、スパイではなくなぞなぞだった。

緑色のビリヤードテーブルの上に、場違いな陶器の皿。その上に銀色の覆い。

覆いを取ると、中には石の首飾りと、カード。

『三兄弟の末っ子の名前』

石は、一種類だった。

黒い炭のような石。三兄弟と書かれているのに、三種類ではない。

三兄弟。ヘンリー・ジェフリー・リチャードの末っ子でリチャード、という安直な答えが頭の中に浮かんだが、振り払った。そんなことを答えさせようとしているわけではないだろうし、そもそも上二人とリチャードの実際の関係は従兄弟(いとこ)だ。

真っ黒な石の首飾り。やや大粒の真珠のようなサイズ感だが、高級な数珠(じゅず)のように、球の一つひとつに波模様のような彫りが施されている。柔らかい石である証拠だ。つやつやした色合いもない。オニキス、黒曜石の線は除外。金色の金具は端が少しだけ錆(さ)びている。アンティークだろう。

そして何より、リチャードから聞いた、オクタヴィアさんの素性。

これだけヒントをもらえば、俺でもわかる。

俺はホテルマンの彼の居場所まで戻り、黒い珠を示しながら告げた。

「……この石は、ジェット。綴(つづ)りはJ・E・Tなので、三兄弟の末っ子の名前はT」

ジェット。工業利用するにはクオリティの低い石炭、いわゆる褐炭の一種だが、ジュエリーとして加工できることから、ヴィクトリア女王の時代に爆発的な人気を博した黒い石。何故人気になったかといえば、女王本人がこのジェットをこよなく愛したからだ。

　黒い石。

　ジェットはモーニングジュエリーと呼ばれる。『朝』のモーニングではない。『追悼』のモーニング、死者をいたむジュエリーである。夫のアルバートに先立たれて以降、女王は追悼の意のあらわれとして、豪華な衣装を身に着けず、ダイヤモンドではなく黒い石を好んでつけるようになった。

　Tと俺が告げると、再びホテルマンは俺に微笑み、何故かテーブルの下を探って、ボールを一つ摑みだした。

　超初級英会話講座の例文を読むような口調で、これは、ボールですよね、と俺が問うと、彼は笑い、至極得意げに言った。

「タマ」

「えっ」

「ディス・イズ・ア・タマ」

　そして首飾りのまあるいジェットを指さして、再び言う。タマ。頭の中の英語ゾーンと日本語ゾーンが混乱したあと、俺はようやく理解した。ああっ、そういう。

確かに日本語で球は、タマである。宝石のことを『宝珠』と呼んだりもする。まるい、尊いもの、というイメージの言葉だ。極論を言えば地球だってタマの一種であるし。でも一体それがどういう意味を持つのか——と俺が問うより先に、彼は俺と位置をかわり、ジェットの載った皿や覆いを脇に退けて、隣のテーブルから竿のような長いキューを取り上げると、カーンと一撃、華麗なショットを決めてくれた。快い音がビリヤード場を満たす。タマが緑のテーブルを転がり、ゴロゴロと音をたてて穴から転がり落ちてゆく。

最後に残ったのは、白いタマ、一つだけだ。

彼はそれを取り上げ、俺に手渡した。キューボールと呼ばれる白い手玉である。これには番号がない。

いや、この場合はゼロ番——球の形をした番号、と思うべきなのか。

「これが最後の鍵ですよ。あの執事さんに、これを渡してあげてください」

「執事さん？　ヴィンスさんのことですか」

ホテルマンは微笑んだ。何だ、結局最初と同じ場所に戻るのではないか。

俺はひなびたゲーム場を抜けて、ホテルのロビーに引き返した。入り組んだ広いホテルだが、案内板のおかげで少ししか迷わなかったように思う。ジェフリーの姿は、既にソファにはない。どこか別の場所でヘンリーさんを待っているのだろうか。

「ヴィンスさん」

「待ちくたびれてたんですけど」

　下だけはスラックスのまま、しかし上半身のお仕着せは、ゼブラ柄のパーカーに取り換えてしまったヴィンスさんは、けだるい前屈姿勢でロビーのソファに腰かけていた。これを、と俺がゼロ番の球を差し出すと、彼はにやりと笑った。

「なーんだ。全問正解したんですね。どっちみち最後にはここにたどりつくんですけど、中田さんが持ってくるボールは、誤答の数に従って変化する仕様だったはずですから」

「……じゃあもし、1や2のボールを持って現れたら」

「それでも俺のすることは同じですよ。お嬢のお覚えは悪くなったかもしれませんけど。まあ現時点でそんなにプラスってわけじゃなし、誤差範囲内じゃありませんか。さて、行きますか」

　どこへ、と尋ねる必要はない。

　何のためにオクタヴィアさんがスイスから出てきたのかなど、考えるまでもないからだ。

　俺はゼブラ柄のパーカーに案内されるまま、再びホテルの大階段を上り、上りきり、もっとも奥まった場所にある部屋の前まで案内された。赤い絨毯を一度も踏み外す必要のない、王さまが踏んで歩くような道のりだった。衛兵のごとく、扉の左右には、マッチョな体を黒のスーツに包んだ白人男性が、軍人めいた立ち姿で控えている。SPというやつか。

　こんこんと、ヴィンスさんが分厚い扉をノックした。

返事はない。だがヴィンスさんは喋った。

「お嬢。連れてきましたよ」

ややあってから、内側からカチリという音が聞こえた。施錠が解かれたのだ。

ヴィンスさんは最後に、俺の顔をじっと見て、囁くように言った。

「グッドラック」

大きな扉が開かれた時、俺は少し、戸惑った。間取りが今まで見てきた部屋と似ていたからだ。しかし似ているのは部屋の形だけで、ベッドはないし、フルーツの籠もない。広い応接間として使われている部屋だ。

今までならば、丸テーブルがあったはずの場所には、人の姿があった。

フランス人形のような、小さな少女。さっきの画面の中と同じ、青いリボンに青いドレス。まるでこのホテルの歴史の中から浮かび上がってきた幽霊のように、クラシカルな出で立ちで、肌の色は抜けるように白い。最初に見た動画は録画ではなく、ライブ中継だったのか。

彼女は立ち上がったまま、俺の顔をまっすぐに見ていた。

「こんにちは」

俺が挨拶しても、彼女は応えなかった。ますます人形のようだ。俺は失礼にならない程度、微笑みながら挨拶を続けた。

「中田正義といいます。お会いできて光栄です」

「……英語が喋れますね。ヴィンスを置いておく必要はなさそう」

オクタヴィアさんの声は、ごくごく小さかった。

「難しい話になっても、あなたは私の言うことがわかりそうですか」

「……努力はします。ある程度は理解できると思います。でも、わからなかったら質問させてください」

「その分なら大丈夫でしょう」

鷹揚な女王のように、オクタヴィアさんは頷いた。ありがたい。

奇妙な錯覚だが、俺はまるで、何かの試験を受けているような気分だった。一次がなぞなぞ。二次が面接。公務員試験のようだ。もちろん日本国の役人になるための試験ではない。俺という人間が公務員試験の勉強と共に積み上げてきた、宝石の知識、英語の知識、コミュニケーション能力だのなんだの諸々の総決算だ。人間、生きている限り毎日が総力戦だとはシャウルさんの言葉だが、ことここに及んだ今、言葉の意味が痛いほど身に染みる。

オクタヴィア・マナーランド、十七歳。

日本人の十七歳とイギリス人の十七歳は、雰囲気がまるで違う。『アジア人は若く見える』と西洋の人々がたびたび言うのは、相対的に彼らのほうが早熟な容貌をしているということでもあるのだろう。日本人の感覚からすると、もう大学を卒業する頃かなというくらいの年格好に見える。だが彼女は、そういう年齢的な外見を超越したような、不思議な空気をまとっていた。百五十センチあるかないかというくらいの背丈からは、幼い雰囲気が漂っているのに、眼差しはどこまでも鋭く、老練にすら見える。すさんでいるのとも、老けているのとも違う。

ただ、遠い。

すぐに友達にしてくれるタイプではないとわかっていただろう、と俺は自分を慰（なぐさ）めた。

その間にオクタヴィアさんは、淡いピンクの唇を動かして喋った。

「中田正義さん」

「はい」

「あなたのハッピーエンドを教えてください」

うん?

早速のリスニングのミスだろうか。何か奇妙なことを言われた気がする。

ハッピーエンド?

わからないので首をかしげて、もう一度お願いしますと頼むと、彼女は口をつぐんでしまった。俺は何か申し訳ないことをしてしまっただろうか。

先に話しかけられると思っていなかったこともあり、俺はあらかじめ準備しておいたことを告げることにした。

「……オクタヴィアさん、一つ、申し上げておきたいことがあります。俺もリチャードも、あなたがクレアモント家執事室と協力し、過去にレア・クレアモントがばらまいた偽(にせ)のジュエリーを回収しようとしていることを知っています。もし彼らのせいで、あなたが自分の意志に反することをさせられているのだとしたら、俺たちは」

「『俺たちは』？」

彼女は言葉を被せてきた。不思議だ。俺は生身の人間として発言しているのだが、目の前にいるのがクリスタルの妖精のように思えてくる。存在感が希薄だ。強(し)いて言うならば、ひんやりとしている。感情でわかり合える気がしない。

ただの気のせいであることを祈りながら、俺は言葉を続けた。

「……俺たちは、あなたを助けることができるのではないかと、思います」

「私を、助ける」

「はい」

俺が頷くと、彼女はにやあーっと表情を動かして、大笑いし始めた。女の子の笑い方ではない。人間の形をした何か別のものが、笑い方を学習した結果を出力しているような笑い方だった。作り笑いにしても豪快すぎる。一体俺はどれほどの失言をしたのだろう。

「中田正義さん、改めてお尋ねします。これは『私を助ける』ための質問でもあります」

「……はい」

「あなたのハッピーエンドを教えてください」

聞き間違いではなかったのだな、と俺は悟った。

ハッピーエンド。ハッピーエンドとは何だ。そしてみんな末永く幸せに暮らしましたとさという、おしまいの紋切り型の前に添えられている説明文を読み上げろというのか。

俺のハッピーエンドとは？

途方にくれる俺に、彼女は言葉を重ねて教えてくれた。

「あなたはどういう人ですか？　リチャード先生のことが、とても好きで、彼を大切にしていることは、画像や動画やヴィンスの話からもわかっています。でもそれは、どういうエンディングが欲しい『好き』ですか？　あなたの到達したい場所はどこですか？」

混乱する。ちょっと待ってくれ。俺は彼女に、リチャードとデボラさんのことを尋ねられたり糾弾されたりするものだと思ってこの部屋にやってきた。もし彼女が、リチャードがまだデボラさんと恋愛したいと激しく思っているのだとしたらそれは勘違いだとか、もしかしてリチャードの結婚を俺が妨害しているように見えるかもしれないがそんなことはないとか。

そういう弁解はいくらでも考えてきたのに、何だ、『俺の到達したい場所』とは。

それは俺とリチャードとの関係の、これからの話をしているのか。どうして。どうしてでもいい。今彼女はそれを聞きたいのだ。そしてこれからさらに彼女と会話を積み重ねてゆくためには、彼女の望みにある程度応えるしかない。それほど回答に困る質問でもなし。

「俺は………そうですね、リチャードと、ずっと友達でいたいですね」

「それは、リチャード先生が結婚してしまったり、別の人ともっと親しい友達になってしまったりすると、達成不可能なハッピーエンドですか？」

「そういうことはないです。友達って唯一無二のものじゃないでしょう。俺は別に、そういうのは望んでいないです。ただ」

ただ、これからも、会える限りはずっと会いたい。

話し合える限りは、ずっと話し合いたい。

プリンに限らず、俺の作ったものを食べてもらえるなら、ずっと食べてもらいたい。

そういう関係を続けたいのだ。

強いて言うならば、続けることが到達点と言えるかもしれないと、俺は補足した。すると彼女は琥珀色の瞳にぐっと力を込めて、あまり芳しくない表情をつくった。作り笑いが爆発しなかっただけありがたいと思うべきかもしれない。

「じゃあ、やっぱりあなたじゃないほうがいいのかもしれない」

「………どういうことですか？」

「私はハッピーエンドが見たいんです。リチャード先生や、デボラ先生の。ハッピーエンドを見届けて、全部終わりにしたいんです」

ハッピーエンドで、全部終わり。だから俺じゃないほうがいい。

どういうことだ。

彼女との会話は、どこか地雷の除去作業に似ていた。もちろん俺は除去どころか、本物の地雷を見たことすらない。だが、いつ爆発するかわからない爆弾の周りを、そっと、そっと、歩いて、観察して、様子を確かめて、こわごわと触れるような、神経の張りつめる空間は、まさに一触即発の戦場だった。目指すのは爆弾の無力化。それはオクタヴィアさんを懲らしめることではない。絶対にない。そういうのは大人の戦い方ではないからだ。

彼女の中にある、『そうせざるをえない』という感情の雷管を刺激せず、策をめぐらしかつて親しかった人々を陥れようと思いきるに至った理由や、思いを、少しでも分けてもらうことができたら。

俺は間違ったコードを切らないことを祈りながら、一つ、質問をした。

「あの、ハッピーエンドというのは……どういうことですか」

オクタヴィアさんは、軽く首をかしげた。爆発はしていない。少なくとも今のところは。

彼女は別段、特別な変化は見せず、淡々と俺に語ってくれた。

「『そこまでできたら、もう幸せで死んでもいい』。そんなふうに思う瞬間が、ハッピーエンドです。私は二人に、ハッピーエンドを迎えてほしいんです。復讐という言葉は、あなたもお察しの方々の提案もあって使用したものですが、ある意味では確かに、私は幸福な復讐をしたいんです。それが彼らに相応しい、正当な報いだから」

それが彼らに相応しい、彼らの逃してしまったものだから、と俺には聞こえた。だとしたらそれは間違っていない。だが、そういうものを無理強いするのは間違っている。人間は宝石ではないのだ。誰かの意志で好き勝手に動かせるものではない。

そういうことをわかってもらえれば、彼女も心を開いてくれるのではないかと、俺は思っていたのだが。

何かが微妙に異なっている。俺が想像していたのと、オクタヴィアさんの目的は、合っているようで合っていない。彼女が本当に望んでいるのは、彼女のことを慈しんでくれたかつての家庭教師役二人の幸せなのだと、俺だってわかっていたように思う。だがそこにエンドマークを求めるとは、どういうことだ。もう死んでもいいという不穏な言葉は何だ。

「……オクタヴィアさんは」

「はい」

「オクタヴィアさんは、その、ハッピーエンドを見届けて、どうするつもりなんですか」

クリスタルの妖精は、しばらく、何を言われているのかわからないような顔をしていた。襟元の琥珀だけがあたたかい金色に輝いている。小首をかしげると金色の髪がさらりと揺れて、俺は少したじろいだ。リチャードとは種類が違うが、彼女もまた、人を圧倒する容貌の持ち主だ。ただしその琥珀の眼差しには冷たい氷の粒が混じっている。

「どうも、こうも、ありません。それで終わりにします」

「……終わりというのは？」

「終わりです。中田正義さん、あなたがクレアモント屋敷でそうしたように」

俺が？　クレアモント屋敷で？

終わりにする——という言葉で、俺の記憶は急速に巻き戻っていった。

呪いの宝石の呪縛。リチャードへの束縛。誰かがそれを壊してしまえばという思い。

俺が石を投げた、あの時のことを言っているのか。

何故あんな話が、今ここで出てくる。

それよりも何故、彼女がその時の話を、詳細に知っている。

終わりについてはひとまず置いて、俺は彼女にそのことを尋ねた。一体俺の話を誰から聞いたんですかと。クレアモント家の中にいた人間であることは想像にかたくないのだが。

だが彼女の回答は、俺の予想の斜め上をいっていた。クリスタルの妖精が、温度のない声でくすくすと笑う。

「ご存じないんですね。あなたはその筋の世界では、ちょっとした有名人なんですよ」

「そ、その筋？」

「いわゆる社交界と呼ばれる世界です。私のような引きこもりには縁がありませんが、私にまでゴシップのメールをくれるような人たちには大いに縁がある場所です。想像していただきたいのですが、カンヌで映画祭を楽しんで、モナコでグランプリを応援して、凱旋（がいせん）門（もん）前の特等席でツール・ド・フランスを観戦するような人々って、大体同じ顔ぶれになると思いませんか？　現在の『社交界』とは、そういう人たちの集まりのことをいうのです。そういう人たちの間では、噂（うわさ）話が何よりもおいしく料理されています。あなたは差し詰め、『愛に生きようとした、アジアからやってきた正義の味方』というところでしょうか」

頭の中で除夜の鐘（かね）が鳴り響いているような気がする。そんな。そんなところでどうしてまた俺の話が。オクタヴィアさんが話を膨らませている可能性があるにせよ、もしいくらかでもそれが本当だとしたら、いい迷惑、というよりもかなり恥ずかしい話だ。

だってあの時に俺がやったことは、極論を言えば、意味がないことだったのだから。あの時に俺が石を投げなかったとしても、石が白日の下に晒（さら）されたら、それがダイヤモンドではないことくらい明らかになっただろう。そうなれば遺言も何もあったものではない。なーんだそういうことだったんだ、で全ては終わるはずだったのである。そして俺はリチャードに説教された。面目ないったらない。

だが、噂話で俺の行いを知ったというオクタヴィアさんには、俺の中にあるそういう気持ちまでは、届いていないようだった。

「あの時俺のやったことが、オクタヴィアさんが言う『終わりにする』なんですか？」

「ええ。そんなことは、あなたが一番わかっていることでしょうに」

「……わかりません。どういうことですか」

「わかっているはずです。もう死んでもいいと思ったからこそ、あなたは推定三億ポンドの宝石を投げ、大切な人を幸せにしてあげようと思ったのでしょう。私にとって最高のハッピーエンドはそれです」

息が止まった――ような気がした。

本当に申し訳ないんだけど。

俺は死んだと思ってくれ、と。

あの時俺は確かに、母親のひろみにメールでそう書き送ろうとしていた。送信予定を解除したので、結局送らずじまいのメールではあったが、あの時の言葉に嘘はなかった。

多分これで俺は監獄(かんごく)行きになるから、もう携帯電話なんか何十年も触らせてもらえないだろう。だったらその前にメッセージを送らなきゃなと。

あるいはその場で殴り殺されるかもしれないからなあ、と。

自然にそう判断したからこそ、あの時の俺はそうしたのだ。

遺言というと堅苦しい。だが同じようなものだった。

絶句する俺に、静かに満足したように、オクタヴィアさんはたおやかに微笑んだ。だが表情のどこにも温かさはない。

俺はカラカラになった口から、必死で言葉を紡ぎだした。

「……オクタヴィアさん、あなたの本当の目的は」

「ハッピーエンドを見届けることです。それで終わり」

終わりとは、この、たいそう金のかかっている嫌がらせ、あるいは復讐を終わらせる、という意味ではなく。

彼女の人生を、そこで終わりにするという意味なのか。

俺がひどい顔をしていたからだろう、彼女は俺が考えていることを正確に読み取ってくれたようで、再び、笑った。

「……『何故』という問いは無意味です。私は死にたいんです。雪山の事故の話くらいは、さすがにリチャード先生がなさったと思います。あれ以来、私の希望は死だけになりました。でもそれはいけないことだそうです。だから今まで何人も、何人も、何十人ものカウンセラーや専門医が私のところにやってきて、とっかえひっかえ『それはどういうことですか』とお尋ねになりました。つまり『やめろ』ということですね。でも私は死にたいんです。理由は、大切な人がいなくなるのをもう見たくないから。私の傍にいる人たちはみんな不幸な目に遭(あ)います。そんなのは私のただの思い込みでしかないと、いろいろな人が言い聞かせてくれましたが、でも本当に思い込みではなかったら？　もしまた誰かを失うことになったら？　そんなことになっても、カウンセラーも専門医も誰も責任なんかとってくれない。もしまた…………あんな思いをするくらいなら、私は建設的な自己判断として、自分自身をこの世から削除したいんです。だから終わりにしたい。それだけです」

こんなに冷静に絶望を語る人に、俺は初めて出会った。

何も言えない俺が、目元に力を込めて何かをこらえていると、オクタヴィアさんはまた笑った。情けない、とでも言いたげだ。

「こういう話を聞くと、ボランティアの修道女たちはみんな私を抱きしめて『かわいそうに』と言いたがりました。でも彼女たちも、私の大切な人にはなろうとしません。本当に死にますよと私が言うと引き下がるんです。まあ、私が本気でそう言っているから、『殺す』と言っているように聞こえて、単純に不気味に思われただけかもしれませんが。そもそも、赤の他人のために死のうと思える人間はいませんし、そんな人がいるならその人自身が何かの問題を抱えているに決まっています。私が自分で自分の問題を解決するので、その人もその人自身の問題を解決すべきですね。いいんですよ。別に泣いても、泣かなくても。私は気にしませんので」

ありがたい。俺は彼女に三本、指を突き出してから背を向けた。三秒ください。

腹の底からうめき声が湧いてくる。かわいそうなどと思って泣いているのではない。情けないのだ。情けないし、恥ずかしい。俺自身が恥ずかしい。涙が出てくるほどだ。

何が恥ずかしいって、昔の自分が恥ずかしい。あの時の俺は、自分がやったことが、将来的にどういう影響力を持ってしまうのか、何も考えていなかったのだ。俺はただ、石を投げたかった。俺だって自分のことが好きではなくて、できれば誰かの役に立ってからさりげなく消えたいと思っていて、その絶好のチャンスを生かしたのがあの舞台だったのだ。

昔の俺はよかった。リチャードに説教をしてもらえたから。

だが、あの時くだけた呪いの欠片（かけら）が、今もまだ、誰かの胸に突き刺さっている。俺ではない、もっと小さな人の胸に、まるで呪いの勲章（くんしょう）のように。

俺は本当に愚かなことをした。

しかしこんな感情は三秒くらいで収めなければならない。彼女にはどうでもいいことだ。

本当に三秒で復活するとは思っていなかったようで、妖精は多少、たじろいだ。それはそうだろう。目の前で大の男が号泣するのだって珍しければ、それを隠し芸のような速度でおさめてはい泣き止みましたと取り繕（つくろ）って戻ってくる男も珍しい。第一全然取り繕えていない。俺の鼻からはまだ水っぽい何かが流れ出している。すみませんと俺が慌（あわ）てると、彼女は近くのテーブルの上にあったティッシュ箱を回してくれた。青地にフルーツの絵がついている。香港（ホンコン）のキオスクで売っていたのと同じものだった。

また後ろを向いて、びーと鼻をかんで、今度こそ大丈夫ですと胸を張って向き直ると、オクタヴィアさんは少し、噴き出した。よかった。彼女にも年相応の、十七歳の人間としての顔がある。俺は何故かヴィンスさんのことを想像した。彼といる時、彼女はどういうな、「むうー」とうなる可愛い女の子の顔か？　それとも、あの動画の中で見せたよう顔をしているのだろう。クリスタルの妖精の顔？　それとも、あの動画の中で見せたよう

「あの……」

「はい」

「……ヴィンスさん、いるじゃないですか」

「はい。彼は私の手足です。金銭で雇いました」

「…………あの人、めちゃくちゃ、ゲームがうまいんです」

「はあ」

「プロヴァンスでの話なんですけど」

　俺はフランスの片田舎で遭遇した、日本製のガンシューティングゲームの好きなおじいさんの話をした。名前はピエール。パン職人。おいしいパンを焼くのとゲームが生きがい。でも特定の操作の方法がわからなくて、ヴィンスさんに教えてもらってとても嬉しそうにしていた。五年もプレイしているのに全然知らなかったよと彼が言った時、ヴィンスさんは彼のことを笑わなかった。

　オクタヴィアさんは、ほんのりと嬉しそうな、どこか誇らしそうな顔をしたあと、はっとしたように氷の顔に戻った。俺の気は重くなる。

「それで？　中田さん、それがどうしたんですか」

「俺は、ヴィンスさんは、素敵な人だと思います。オクタヴィアさんは、どうですか」

「別に。彼との関係は金銭のやり取りです。それ以上のものではありません」

そうですかと、俺はそこでその話題をやめた。彼女にも俺にもわかっているが、言葉にしないほうがいいこともあるのだ。少なくとも今はまだ。

最初の質問の答えに戻ろう。

「………俺のハッピーエンドは……強いて言うなら、エンドにならないことだと思います。あいつとずっと一緒に、この世界のどこかで生きていることだから。でも……多分、それは……デボラさんにとっても、同じなんじゃないかと思います」

「生きていることがハッピーだから、意図的なエンドはないと？　私とは生死の解釈が大分違いますね」

「いや、生きているだけだと、多分そんなにハッピーではないと思います」

そうでなければ、俺の生まれた島国の十五歳から三十五歳までの死因の統計一位が『自殺』になるはずがない。人間は絶望する生き物なのだ。死にたいと思うことは、そんなに珍しいことではないし、本当に死んでしまう人だっているのだ。

でも今の俺は、『死んでしまう人』と『そうでない人』なんてくくりが存在しないことを、もう知っている。とてつもない巡り合わせと幸運が重ならなければ、自分がどこでどうしているのか想像もつかないようなことがあった今なら。

ただ何故か、俺は今、生きている。

生きているから、生きている。

「死にたいって思うような、絶望の中で……『もしかしてもうちょっと生きていたいかも』って思う、そういう……宝石みたいなものを見つけた時、俺は、生きててよかったなって思いました。俺が、俺でよかったって、そういうふうに思えたんです。だから……ハッピーって……すごく難しいんですよ。そういう時に、ちらっとでも、何か、いいなって思えるものがあると、ハッピーになるんじゃないかと思います」

「それは私にもわかります。だからこそ、ハッピーエンドを求めているんです。私の一番の望みはこの世界に別れを告げることですが、二番目の望みは、私のせいで幸せを失ってしまった人たちに償いをすることです。リチャード先生とデボラ先生はまだ生きている。だからもし、もしも私にもそういうことができるなら、彼らが幸せになる姿を見届けたい。ハッピーエンドが見たいんです。私の知っている人たちに訪れる、本物のハッピーエンドが。そうしたらもう、私には何も悔いはないです」

「…………」

「私に同情していますか？　だったら、私にはあなたを嘲笑う権利があります。どういたしまして、私には何一つとして人に誇れるようなものはありませんが、人生の不条理に納得はしています。ですから憐れんでいただく必要はありませんし、そういった感情を寄せられるのは不愉快です」

「……オクタヴィアさんは、俺が嫌いですか」

「好きでも嫌いでもありません。そういうものですので」

「…………じゃあ、自分のことは？」

「ご質問に答える意味がわかりませんが、好きでも嫌いでもありません。そういうものですので。どうせそれほど、先は長くありませんし。ああ、念のため申し上げますが、私に病はありません。臓器提供のドナー登録は済ませてあります。誰かのためにリサイクルしてほしいので」

混乱する。

彼女の話を聞いていると、まるで死だけが、彼女の人生の中で燦然と輝くハッピーエンドだと言われているような気がする。臓器を誰かにあげられるからハッピー。お金を寄付できるからハッピー。ついでに自分もいなくなる。ハッピー。

嫌だ。

俺は嫌だ。

そんな悲しいハッピーエンドは欲しくない。

だが俺の顔に、オクタヴィアさんは見慣れた影を見たようだった。彼女は微かに笑い、優雅に小首をかしげた。

「また『かわいそうに』ですか？　もう気になりません。もしそれほどお気に障るのでしたら、あなたが私より先に、この部屋から出るか、さもなくばご自分の人生からお降りになればよろしいのでは？」

もう諦めようよと。

俺の背後から、声なき声で誰かが言う。不思議にあどけない声で。

もうこの子を説得しようとしたって、無理なんじゃないかなと。

そこの窓から飛び降りても俺は死なないだろう。ここは三階だ。ジェフリーとヴィンスさんの会話からして、病院までは多少の距離があるようだが、それでも足の骨をグキッとやる程度だ。痛みに耐えていればまあ何とかという感じだろう。

飛び降りてみせようか。

俺だってそのくらいのことはできるのだと、死ぬ覚悟なんてせいぜいそのくらいのことだと、投げ捨てることなんて誰にでもできるのだからそんなわがままに付き合わされるほうはたまったものじゃないのだと、ここで示してみせようか。

幼い俺が嘲笑う。輪郭線の中に表情が見えない。影のように真っ暗だ。ただ笑っている口の形だけが、三日月のように歪んでいる。

やりなよ、やればいいよ、と。

駄目だ。

駄目だ。駄目だ。

俺はもう、そういう場所からは抜け出したのだ。俺の大切な人たちはそんな決断を喜ばない。今さっきそう自分に言い聞かせていたばかりなのに。誰と誰が話しているのかわからなくなってくる。口を。口を開いて会話しよう。自分とばかり喋っていてもろくなことにならない。

俺は声を絞り出した。

「……生きていてほしいなあ……」

極論を言えば、それだけだ。俺の望みはそれに尽きる。

彼女がいなくなったら、どれほどリチャード『先生』が悲しむことか。

調子を取り戻したのか、オクタヴィアさんは再び、雪像のような顔と声で告げた。

「あなたの名前は正義ですね。それはジャスティス、『裁き』が付随する正しさを意味する言葉です。あなたの求めるハッピーは、私が見たいハッピーエンドではないし、私に叶えられるものでもありませんでした。お引き取りください」

すっぱりとした言葉に、俺は慌てた。まだ。まだ全然話が済んでいない。何か。何か言わなければ。俺が彼女に一番伝えたいことは何だろう。オクタヴィアさんに。俺から。

口をついたのは、簡単な質問だった。

「あのう！　オクタヴィアさんは、宝石のこと、勉強してくださったんですか」

「……え？」

「俺に解かせた謎、全部すごく、難しかったです。宝石商見習いをし始めて、一年足らずですが、とても難しかったです。もしかしてオクタヴィアさんも、石が」

「いいえ、特に好きではありません」

なら、特に好きではないことを、俺のために調べてくれたのか。

何か奇妙なことを言われていると思ったのか、オクタヴィアさんは軽く眉間に皺を寄せて、そうですねと言葉を紡いだ。

「カリブ海やフランスで、たびたび試すような真似をしたことは、申し訳なく思っています。ですがあなたが真剣に宝石のことを勉強したり、人にぶつかっていったりする姿を、ヴィンスを通して観察するのは、何というか……不思議な感興を催すものでした。ですから どんどん苦しめてあげたくなったんです。それだけ」

「そうだったんですね。じゃあ全然、謝ることないですよ」

「………え？」

彼女の言葉が止まった。本当に、謝るようなことじゃない。だって。

「俺、すごく楽しかったんですよ。豪華客船では、さすがに気が滅入りましたけど、あれはオクタヴィアさんのせいじゃなくて、どうしようもない人間がいたせいだったし」

「………それは」

「プロヴァンスの宝探しは、ご褒美みたいでしたよ。リチャードのお母さんにもお会いできて。そっくりなんですが、性格は全然違って、親子でもこんなふうになるんだなあって、久しぶりに昔の友達に会ったような、変な気分になって楽しかったです」

「…………でも」

「そのあとスリランカにお越しくださるって話があって、もちろん何が起こるか怖かったですけど、すごくわくわくしました。今回も面白い趣向をつくってくださったし、何だか今まで俺が頑張ってきたことを『見てるぞ』って言ってもらえたみたいで」

「もうやめなさい！」

叫び声に、俺は血の気が引く思いがした。ひどい目に遭っている人が必死の思いであげる『やめて』のようで、あまりにも悲痛で、俺は自分が一体何をしたのか、ちっともわかっていなかった。

オクタヴィアさんは琥珀色の瞳を素早くこすって、俺を睨んだ。

「おわかりではないようですね。私は誰かに好かれたいなんて少しも思っていないんです。中田正義、それはあなたが相手であっても全く変わりありません。不愉快です。口を閉じていなさい」

大切な人は欲しくない。これが彼女の大前提だ。

何故ならそういう人たちは、みんないなくなってしまうから。

でも大切な人が、一人もいない世界で生きるのは、あまりに苦しい。だから消えてなくなってしまいたい。

もしそういうふうに彼女が考えているのだとしたら、彼女の世界はあまりに残酷だ。だが彼女は既に、ヴィンスさんと何らかの絆を結んでいるはずだ。彼にできたことが俺にできないとは思わない。時間はかかるだろう。ヴィンスさんは俺よりも彼女との付き合いが長い。でも、時間さえもらえるのならば。

「俺は、あなたのことが気になるし、もしよければ、親しくなりたいんです」

「……何を言っているんです」

「…………ヘルプ・リチャード、ってメールをくださったでしょう」

一番最初に、と俺は付け加えた。全ての発端になったメールの件名。最初は何のことかわからず、事が明らかになったあとには俺を巻き込んでリチャードを罠にかけるための罠でしかなかったと、そう思っていたのだが。

今この時になって考えてみれば、あれは真実だったのだ。

これからいろいろ大変なことが起こりますが、そういう時にもリチャード先生を助けてあげてくださいという、オクタヴィアさんの心。

俺はそれに感謝したい。だから。

「俺たち、普通に付き合えませんか。友達になれませんか」

「不可能です」

「でも」

オクタヴィアさんの反応は激しかった。手元にあった呼び鈴を鳴らすと、部屋の扉がばんと開き、マッチョが二人入ってきた。ああやはり。部屋の前で待機していたのは、こういう事態を見越してのことだったのだろう。

「出て行ってください。顔も見たくない」

「すみませんでした。でも俺はもっと」

「うるさい、うるさいうるさい！　ヴィンス！　どこにいるのよ！」

待ってほしい。もう少しだけでも話をさせてほしい。

今となっては些事にしか思えないが、そういえば俺が質問したかったことが、主にクレアモント家執事室との繋がりのことが、何も確認できていない。放してくれと暴れようとしたが、無意味だった。左右から俺を押さえこんでいる白人男性二人のうち、一人分の筋肉だけでも俺の一・五倍はありそうだ。この二人と戦うのは無茶だろう。

最悪のパターンを想像し——情報が聞き出せないだけではない。ここは三階だ。激昂した彼女がどういう行動に出るかわからない——血の気の引く音を聞いている俺の横を。

ふいっと。

誰かが通り過ぎて、オクタヴィアさんの前、俺の少し斜め前に立った。

ゼブラ柄のパーカーに、ダメージの入ったジーンズ。

上も下もラフな衣装に着替えたヴィンスさんは、軽く首をかしげていた。

「お嬢、それでどうなったんですか」

ヴィンス。ヴィンスさん。なんだかんだ言いながら、いつも俺を助けてくれる人。

オクタヴィアさんは途端に、親を見つけたひな鳥のような顔になったが、俺がいることを思い出したようにそっぽを向いた。

「……ただ呼んだだけ。ヴィンス、別にここにいなくていいです。一人になりたいから放っておいて」

「でも、お嬢とのゲーム、いろいろ途中だったでしょ」

「こんな時に何の話？」

「ゲームですよ。俺楽しみにしてたんですけど」

お嬢と二人でプレイしてたやつ、とヴィンスさんは手をぴこぴこ動かしてみせた。二人はゲーム仲間――その呼び方をオクタヴィアさんが許してくれるのなら――でもあるようだ。

金髪の少女は、少しだけ生身の人間に戻った顔をして、そうだったけど、と呟いた。ヴィンスさんもローテンションに続ける。

「撃つやつだけ最後までやっちゃいましょうよ。もう少しだったし」

「…………」

「気分じゃないですか？」

「……別に」

どこまでも気軽で、どこまでも遠慮のない、オクタヴィアさんよりも年下の男の子のような声だった。

聞き分けのよいお姉さんの顔をした彼女が、わかったと小さく呟いた時、俺は部屋から放り出された。

「オクタヴィアさん！」

扉が閉ざされる。名前を呼んだが、当然応答はない。そしてマッチョなガイ二人も去っていった。部屋から出すことは命じられていたが、そのあとのことまでは管轄外なのだろう。俺が扉に張りついたままでも気にしていない。ただ、無理やり中に入ろうとすれば、おそらく再び強制排除だろう。

廊下の左右を見回す。リチャードの姿はない。『日本文学の道』はそんなに険しかったのか。あるいは別の場所に誘導されている可能性もある。心配で仕方がないが、あっちは大人だし、オクタヴィアさんを放り出してゆくほうが、あいつは心配するだろうし、何より怒るだろう。

正念場だ。

　俺は耳を澄まして待った。扉に張りつく程度なら、二人の男は許してくれる。職務に誠実でありがたいことこの上ない。

　中からは多少、口論するような声が聞こえてきたが、言葉までは聞き取れない。部屋の奥、向かって右側には巨大なベッドがあり、向かって左側にはコネクティング・ルームに続く扉が見えていた。二人はどうやらコネクティング・ルームに踏み込んで会話しているらしい。

　呻くような高い声がする。オクタヴィアさんがかんしゃくを起こしているようにも聞こえる。だがそれに応じるヴィンスさんの声のトーンは、一律、いつものローテンションから変わらない。のらりくらりとかわしているようだ。

　聞き耳を立てているうち、二人の声の位置が変わってゆく。俺のいる場所に近づいてきたようだ。オクタヴィアさんが何かまくしたてたあと、ごくごく扉の近くで、ヴィンスさんが口を開いた。

「お嬢、喉（のど）かわいた」

　子どものような声だった。

　俺は目を見張った。喉かわいたって。そんな気楽な話のトーンではなかっただろうに。一体この人は何を言っているんだ、と思った時。

「本当にだめな人ね！　向こうの部屋の冷蔵庫にお水があるでしょう」

「コーラがいいんですけど。下の売店で売ってたやつ」

「じゃあ買ってきなさい！」

「でもその間ゲームできないんで」

「本当にゲーム、ゲームって情けない人ね」

「だってお嬢、強いじゃないですか。一緒にやると楽しいし。セッティングはしておきましたから、戻るまで肩慣らしでもしておいてくださいよ」

「そういうのはもうちょっと強くなってから言いなさい」

きゃんきゃんと叫ぶオクタヴィアさんの声が、隣の部屋に消えた時、入れ違いのように俺の目の前で扉が開き、俺は慌てて床に這いつくばった。

見上げると、ヴィンスさんの姿がある。

まるで扉の外側が見えていたように、全く動じない顔で微笑み、跪いたポップスターのような男は、俺の肩にぽんと手を置くと、耳元で告げた。

「中田さん、私がいない間、適当に奥の部屋でお嬢とコントローラー握っててくれませんか。すぐ戻るんで」

逆らったらお前は死刑だ、と言わんばかりの眼光とは、まるで不似合いなとぼけた声で告げたあと、ヴィンスさんは二人のマッチョに何事かを早口な英語で告げると、一目散に木製の階段を下りていった。ギッ、ギッ、と軋む音が響く。

ゲームって。

俺はおっかなびっくり、しかし可能な限り素早く、扉の内側に体を滑り込ませた。強制排除が入る様子はない。

奥の部屋には、背もたれの高い、大きな黒い椅子があった。キャスターつきで、おそらく回転する。端から青いドレスがはみ出していた。その向こうに巨大なテレビがあって、実写と見まごうCGの映像と、ハリウッド超大作のようなBGMが流れている。コントローラーとゲーム機の姿が見えるので、俺が小学生の頃にプレイしていたゲーム機の親戚ではあるのだろう。ホテルの部屋のインテリアの中から、機能的な椅子だけが浮きに浮いている。ひょっとしたら彼女がゲームのために持ち込んだのかもしれない。

「ヴィンス？　コーラだけど、私にも」

くるりと椅子を回転させた彼女は、俺の姿に気づくと、きっと眉間に皺を寄せた。

「…………何故あなたが」

「ヴィンスさんに！　しばらくコントローラーを握ってろと！　仰せつかりました！」

「そんなに大きな声で言わなくても聞こえます。ヴィンスったら、ゲームのことになると途端に馬鹿になるんだから」

「俺、ゲーム、大好きなので！　わりあい得意ですし！」

「…………」

嘘八百である。だが度胸に免じて許してほしい。

オクタヴィアさんは何も言わず、ただ絨毯を軽く蹴って、テレビの前を半分あけてくれた。コントローラーが置かれている。俺は何度も確認したのだが、もとからゲーム機にケーブルは繋がっていなかった。ワイヤレス式なのだろうか。ハイテクだ。

そしてゲームが始まる。ハリウッド超大作の登場人物を自由に操れるようなゲームだった。爆撃の音のする土煙たつ廃屋の中を、アーミーの姿をしたプレイヤーキャラクターが駆け巡る。すごい。オクタヴィアさんのキャラクターと撃ち合いをする展開になるらしい。これは知っている。プロヴァンスで予習した。これならいける——

と何の根拠もなく思い込もうとした瞬間、俺の操作していたプレイヤーキャラクターは、瞬く間に戦場の崖から足を踏み外して、薬莢のたまっている片隅に落っこちた。そして動かなくなった。何だこれ。最近のゲームはこんなに簡単にプレイが終わってしまうのか。待っていたら復活するかなと思ってボタンをカチカチ押してみるが駄目である。一度メニュー画面のようなところに戻って、何度かボタンを押してゆくと、俺のキャラクターは戦場に復帰したが、またしてもあちこち走り回っているうちに転落、ゲームオーバー。このキャラは二日酔いの千鳥足で戦場に来たのかなと思われても仕方がないだろう。

「……草」

「えっ」

「日本語、すこし、わかりますので」

こういう時は日本語で草というのだと、オクタヴィアさんは教えてくれた。グラスの草であるという。どうしてこれが草なんだろう。言語百般万能のリチャードなら知っているだろうか。ともかくゲームのキャラクターがすぐに転落してしまうことは『草』。覚えた。

「戻りましたー。お嬢、コーラなかった」

「あったって言ってたじゃない」

「見間違えたみたいです。でもオレンジジュースはあったので」

「オレンジジュースなら部屋の冷蔵庫にもあったでしょう」

「だからコーラがよかったんですって。中田さん、どうですか、調子は」

「が、がんばってます……！」

言いながら、俺のキャラクターはまた落ちた。落ちて死ぬ。動くだけで死ぬとは何事だ。昔俺がプレイしていたゲームのキャラクターだってここまで弱くはなかった。いやそれを言うなら、もっと操作が簡単だった気がする。オクタヴィアさんは俺のことはもう全然気にせず一人でゲームをしていて、俺は駄目押しとばかりにもう一度だけメニュー画面からスタートし、そしてまた落ちて死んだ。

「うわー、よっわ。よっわ。泣けてくる」

「……何度も弱い弱い言わないでください！」

「中田さん、本当に人生を無駄にしないで生きてきたんですねえ。見ているだけですごく幸せな気分になってくるので、そのままずっとゲームしてくださいよ」

「ずっと死ねって言われてる気がするんですけど！」

「失礼な。死んで生き返るんですよ。それでまた死ぬ」

「縁起でもない話はやめてくださいって。ああっ、ああー、何でこんなに落ちるんだ俺は」

「あははは」

「棒読みの『あははは』は怖いですって！」

絨毯に直接腰を下ろした俺たちが、漫談のような会話を繰り広げていると。

テレビ画面だけを見つめながら、オクタヴィアさんが口を開いた。

「ゲームはいいですね。たくさん人が死ぬけど、別に誰も私の大切な人じゃないし、何度も死ねるから」

言いながら、彼女は邪魔な敵を掃討していた。筋骨隆々の巨漢が腰だめにショットガンを撃つ。一発も外さない。足取りもしっかりしている。撃つ。歩く。走る。隠れる。撃つ。相手が倒れる。撃つ。撃つ。撃つ。

今どきのゲームのアクションの精巧さに、俺は静かに感動した。俺のようなズブの素人が好き勝手に動かすと、すぐ遊んでもらえなくなってしまう。それなりの手順を踏まないと、最大限には楽しめないのかもしれない。

取り乱していたら多分、遊べない。

扉の外から聞き耳を立てた程度の知識だが、オクタヴィアさんはヴィンスさんと言い争いをしていたようだった。俺との会話の最後も、あまり落ち着いていたとは言えない。だがこうしてコントローラーを握っている彼女は、瞑想にふける僧侶のように無心の顔をしている。水晶のように濃淡がないのは前と変わらないが、それでもマイナスの感情は見えない。多分ゲームが、俺と彼女の仲立ちをしてくれているのだろう。

乗り掛かった船だ。もう少し俺もゲームと仲良くなってみよう。

と思ってコントローラーを握りなおした時、俺のキャラクターは四度目の頓死を迎えた。遠くから誰か、オクタヴィアさんではない敵に撃たれたらしい。ごめん。ごめん。いぶし銀なキャラクターに申し訳ない。でも未だにどのボタンを押せばどういう動きをするのか全くわからないので、ある程度は業務的なものだと思って死んでいただきたい。

とはいえ無言で死にまくるのも不気味である。俺はリチャードの流儀にならって、覚えた言葉は積極的に使うことにした。

「えっ、ゲームオーバーですか。ああ、草……」

「うわっ、落ちた！　草だなあ」

「また落ちた！　草！」

草、草、草の連続である。悲しくなってくる。なんでこんなに草なんだろう、と俺がこぼすと、さっきから小刻みに背中を震わせていたヴィンスさんが、耐えかねたような顔で俺を見た。何だろう、今にも泣きそうな顔にも、怒りだしそうな顔にも見える。

「中田さん……それ、自分に向かって使う言葉じゃありませんよ」

「え」

彼の声は微かに震えていた。そうなんですかと俺が目をぱちくりさせると、ヴィンスさんはぐっと下唇に力を入れて、そっぽを向いた。何だそのリアクションは。せめて何か言ってくれ。俺の気持ちを知ってか知らずか、ヴィンスさんはぽつりと、呟いた。

「……大草原」

「えっ。あの、草と、草原と、大草原があるんですか」

ヴィンスさんがううっと呻き、顔を覆った。一体さっきから何なんだと思った、その時だった。

背後からぷっと噴き出す声がした。

オクタヴィアさんだ。俺は彼女の笑顔を初めて見た。今のやりとりは日本語だったが、日本語すこしわかりますのでの彼女にとっては、面白い会話になっていたらしい。何だかよくわからないが、俺は生まれて初めて一文字の日本語に感謝した。ありがとう、草。未だに何だか意味は不明だが、偉大な語だった。

彼女と俺の間に初めて、何かの通路が開いた気がした。一本の白い糸のような頼りなさかもしれないが、確かに。

「あの…………俺…………もっとゲームがうまくなりたいです」

もちろん俺は英語で話しかけたが、突拍子もない言葉だったらしい。オクタヴィアさんは怪訝な顔をした。

「……ヴィンスに習えばいいのに」

「うまくなって、一緒に遊んでほしいです。そういう『裁き』は駄目ですか」

ゲームを始める前の話題に逆戻りし、オクタヴィアさんは再び、人形のような顔になった。開いた通路が音もなく閉じてゆく。だがまだ、完全に閉ざされたわけではないだろう。髪の毛一本の隙間でもいい。俺はその光を信じたい。

「……そんなのは私が求めているものではありません」

「それは、そうかもしれません」

「…………『かもしれない』程度のものを、受け入れろと言うの」

できることなら、そうしてもらいたい。俺はそう口に出して伝えた。

何故ならば、もし、もしも彼女が俺の思いを受け入れてくれるというのなら。

「一緒にゲームができるので」

「……だから、ヴィンスとやればいいのに」

「ヴィンスさんとゲームがしたいんじゃないんです。あなたとやりたいんです」

「ハブられてる感じがして俺も草ですね」

「だから何なんですかその草って」

オクタヴィアさんがまた笑いそうになり、慌てて取り繕った顔をする。俺はシューティングゲームはものすごく下手だが、これがヴィンスさんなりの援護射撃であることはわかる。ありがとうと念じるのはまだ少しだけ癪だが、その百倍この人に感謝している。

「草っていうのは…………笑ってしまうってこと」

「え？」

草で、笑う。日本語の草で、笑う。初めて聞く話だ。

いや待て。考えろ。類推しろ。

ああ——わかったかもしれない。それはつまり。

「なるほど！『お笑いぐさ』を略して、『草』なんですね！」

今度こそヴィンスさんが爆笑した。中田さん、天才、優勝、と日本語で言うたび、オクタヴィアさんも不器用に笑う。『お笑いぐさで草』はとんだお笑いぐさの見当違いだったらしいが、そんなのは些事だ。ヴィンスさんはオクタヴィアさんの知っている日本語の単語を把握している。

つまり彼女の日本語の先生は——最初はひょっとしたら、ケンブリッジ大学の日本語学科にいたという二人の家庭教師だったのかもしれないが、少なくとも最近の先生は、ヴィンスさんだ。

ぱっと見ただけでは確信こそできなかったものの、今ならばしっかりとわかる。この二人の間には、金銭を介した利用し利用されの関係以上のものが、確かに存在する。

「……日本語、難しいですね」

半分以上本音だったが、俺が困った顔でボケると、ヴィンスさんはますます笑った。オクタヴィアさんにきたないでしょと咎められると、お嬢ごめんごめんと謝る。オクタヴィアさんは不意に、俺が一度も聞いたことのない口調でこぼした。

「まったく、本当にゲームが好きなんだから。あなたが私の傍にいるのはゲームのためでしょ」

「ええ、何ですか。違いますって」

「違わないでしょ。もう」

俺は、知っている。

ヴィンスさんがマリアンという妻を、とても心配しているのを。

彼女をほったらかしにして、オクタヴィアさんの傍にいることを。

であればこそその理由が、お金や、ましてやゲームではありえないことも。

だが彼は、オクタヴィアさんには、そんなことは全く告げていない。おくびにも出さない。ローテンションだが手のかかる大きな子どものようなポジションで、オクタヴィアさんの傍にいて、彼女のたくらみを把握してくれて、俺たちをこっそり助けてくれる。

何故こんなことをしなければならないんだ。

何故こんなことをする必要がある。

どこかに、少なくとももう一人、俺の知らない誰かがいるはずだ。ヴィンスさんにこんなことをさせるに至った要因を作っている、誰かが。

俺は何度目かの草を迎えたあと、あのうと話しかけた。オレンジジュースの瓶（びん）にストローをさして飲んでいたオクタヴィアさんが、何ですかと軽く請け合う。視線はテレビに向けられたままだ。

「つまらないことなんですが、ちょっと気になっていることがあって」

あなたのことではないのですが、と俺が前置きすると、オクタヴィアさんの眉間の皺が少し、緩んだ。ラトゥナプラでの宝石取引の交渉で培（つちか）った話の段取り術が、こんなところでも役に立つとは。名づけて『最後に少しだけ戦法』。そのままである。

「デボラさんが離婚したことを、オクタヴィアさんはどうやって知ったんですか？　それから、俺たちに関する他のいろいろなことも、最初は誰から……？」

「……ローレントから聞きました。クレアモント家の執事室責任者です」

ようやく繋がりそうな固有名詞が出てきた。ローレント。覚えたぞと俺は念じる。大きな鼠（ねずみ）がようやくしっぽを現した。

「その、ローレントさんという方は……」

「中田さん、また死にますよ」

「あっ、あーっ！　大草原！」

「もうそのネタはいいです」

ヴィンスさんが俺を牽制する。これはオクタヴィアさんを守るためでもあり、再び彼女を爆発させて俺を途方に暮れさせないための処置でもあるのだろう。代われ、と促されるまま俺は彼にコントローラーを渡し、後ろに下がった。

「中田さん、ご苦労でした。下がってよろしい」

取り澄ました声で彼女が告げる。同時に廊下につながる扉が開く音がした。眉間に皺が寄る。さっきマッチョ二人につまみ出された時にも、そういえば彼女は同じことを言っていた。自主的に退出しようとコネクティング・ルームから下がると、案の定ベッドルームにはさっきの二人が俺を待ち構えていた。もう連行されなくても出て行きますから、出て行きますからねと、すたすた廊下に出て行ったおかげで、今度は筋肉にサンドされることもなく、無事に済んだ。

でも。

これからどうすればいいんだ。

オクタヴィアさんは俺の話を聞こうとはしない。ゲームはしてくれるが、ゲームを通して俺と彼女が対話できるようになるまでには、相当な時間の、それこそ俺のスリランカでの宝石修行に匹敵するくらいの手間暇をかけた修行が必要になるだろう。いまこの瞬間にぽんと手に入るスキルではない。もっと現実的な方法を考えなければ。

　一人で唸っていても仕方がない。助っ人を探そうと、俺が階下に向かおうとすると、誰かが階段を小走りに上がってくる音がした。頼む、そうであってくれという顔を思い浮かべる。神さまは俺に味方した。

「リチャード！」

　美貌の男は、乱れた髪を直しながら三階に上がってきた。

「大丈夫だったか」

「ご心配には及びませんよ」

　日本文学の道では一体何をさせられたのかと、俺がはらはらしながら尋ねると、お菓子のたくさん並んだ部屋で、くずし字の解読をさせられたとリチャードはぼやいた。過去オクタヴィアさんや、デボラさんと一緒に読み解いた思い出のアルバムを、えんえんと紐解くような作業だったと。くずし字が何なのかも俺にはよくわからないが、思うにこれは時間稼ぎの分断作戦だったのだろう。彼女はおそらく、俺と話したくて、でもリチャードとは会いたくなかったのだ。

「それよりも正義、オクタヴィアと接触したのですか」

「ああ、今この部屋の中で……」

ヴィンスさんとシューティングゲームをしている、という俺の言葉は。

もう一人、階段を上ってきた誰かの影によって霧消した。

「あれっ……」

最初に感じたのは、違和感。知っているようで知らない人が来た、という感覚。

もう一度、よく見る。

信じがたいが間違いない。彼は、俺の知っている人だ。

「……ヘンリーさん！」

丈の長い黒いフェルトのコートを伊達（だて）に纏（まと）い、灰色のマフラーを左右の肩から垂らした、プラチナブロンドの男性。半ば以上は白髪なのだが、クリーム色の金髪とのまじり合いが絶妙で、そういうファッションなのだろうと一瞬思ってしまうような出で立ち。黒いスーツ、黒い革靴、そして杖。握りの部分は銀色のうさぎの頭だ。

伊達。粋（いき）。

そして威厳をまとった出で立ち。

ジェフリーの計算された軽薄さとも、リチャードの精緻（せいち）なエレガントさとも異なる、まるで異世界からやってきたような風体の男性は、しずしずと俺に近づいてきた。そしてにこりと微笑み、手を伸べてくれた。黒革の手袋をはずす、その仕草もノーブルさが漂っている。目の前に立つと気後れしてしまうような相手だ。

口をぱくぱくさせる俺の前で、ヘンリーさんは微かに笑い、口を開いた。

「ハイ、ドモー」

「えっ」

「コンニチハー」

優しい顔立ちの英国紳士は、宝石のような青い瞳の奥に、限りない慈しみを秘めながら、カタコトの日本語で喋った。

「ヘンリー・クレアモント、デス。中田サン、オヒサシブリ、デスネ」

「は……はい！」

「日本語、チョト、デキルヨウニ、ナリマシタ」

「す、すごいです！」

「アリガトゴザイマス。タイヘン、光栄、デス」

デス、の発音が、どことなく優雅だった。

ギャップの台風の大渦の中でもまれながら、俺は必死で平静を取り繕っていた。

言われるまでもなく、ヘンリーさんである。

その背後にいるのは、ジェフリー、ではない。

こちらもまた、リゾートには似つかわしからぬ、灰色のスーツ姿の男性だ。五十代の前半くらいだろうか。疲労からか、それとも別の理由からか、りんごのように赤らんだ顔に、かっちりとかためられた薄い頭髪、口ひげ、顎(あご)ひげ。抜けるように青い瞳。

誰だろう。初めて見る顔だ。尋ねる前にヘンリーさんが教えてくれた。

「コチラハ、私ノ、執事サン」

執事さん。

以前から耳に残っていた存在の出現の次に、俺はヘンリーさんが『執事』という日本語を知っていたことに驚いた。下村晴良(しもむらはるよし)、お前はいい仕事をしたよと、俺はスペインの元学友に感謝の念を送った。『光栄』なんていかにもヘンリーさんらしい言葉のチョイスも素晴らしい。でも絶対に、あいつは自分の教えた日本語が、こういう場で活用されるとは思ってもみなかっただろう。

にしても、思っていたよりもヘンリーさんの到着が早くて驚く。そして違和感もある。ヘンリーさんがいるのに、ジェフリーがいない。俺が家宝投擲(とうてき)事件を起こした時、ジェフリーはまるでヘンリーさん専属の看護師のように連れ添っては支えていた。一緒ではないということは、まだ接触していないのだろうか。

俺の懸念を先回りして察知したのか、ヘンリーさんは英語で、そっと俺に耳打ちした。

「ジェフはとても疲れていたので、今一階で部屋を借りて、少し眠っているようだ。メールで到着したら起こせと言われていたが、そのままにしている。あれはずっと働き詰めだった。今回は私が行くから来るなと言っておいたのに、無視して相当な無理をしたらしい。私は本当にあの弟にいくら感謝しても足りないし、あれを死ぬほど休ませなければならない」

　死ぬほど休ませる、の言葉にすごみを感じ、俺は微かにリチャードの表情を確認したが、美貌の男は全く何も聞こえなかったような顔でそっぽを向いていた。正確には、オクタヴィアさんたちのいる扉の方向を。

　ご紹介に与った執事さんはといえば、苛々したように眉間に皺をよせ、小さな声でヘンリーさんにしきりと耳打ちしているが、彼の主は全て聞き流しているようだった。

「それで、中田さん、君はオクタヴィアと会ったのだね。彼女は何と言っていた？」

　俺はできる限りの情報を、廊下の赤い絨毯の上に広げてみせた。日本における十五歳から三十五歳の若者の死因に関することは告げなかったが、彼女が深い絶望の中に今もいることや、リチャードやデボラさんを恨んではいないし、非常にわかりにくい方法ではあれ幸せを祈っているのだということも伝えようとした。そのたび執事さんは嫌そうな顔をして、そんなはずはないとか馬鹿げているとかぶつぶつリアクションしていたが、ヘンリーさんはそれも全て無視していた。

「中田さん、何か他に、お話に出てきたことは？　人の名前や、場所の名前など」

「その」

ヘンリーさんが何を促しているのかわかる。そのことに俺はほっとした。どこまでこの人が現状を把握しているのかだけが不安だったが、この様子では、ひょっとすると俺とリチャード以上に、いろいろなことをわかっているのかもしれない。そしてヘンリーさんは決して、俺たちを裏切るような真似はしないだろう。下村との心の通ったセッションの様子の報告からして、それだけは確信できる。

俺は最後の手札をひっくり返すことにした。

「クレアモント家執事室の、ローレントさんという方のお名前を聞きました」

その後、しばらく、不思議な間が流れた。

ヘンリーさんが微笑み、そっと肩越しに視線を送る。

不機嫌な衛兵のような顔立ちの執事さんは、ただ、何も言わず、ヘンリーさんと俺の間のあたり、何もない空間を眺めていた。

「不思議だね、ローレント。お前の名前が出てくるとは」

「…………ヘンリーさまは、お戯れがすぎます」

「そうだね。私がお前を連れ立ってゆくと決めた時から、お前はきちんとこの事態を予測していたはずだ」

「くだらない」

「ハリー」

リチャードが間に入る。今日のリチャードの服装は、六時間の長距離移動のことも考えて、そこまでフォーマルなスーツという感じではない。多少伸縮のきくブルーグレーのスーツだ。そこに漆黒のヘンリーさんが並ぶと、彼のほうがボスに見えてくる。

ヘンリーさんはあくまで穏やかに、微笑んでいた。

「リチャード、大丈夫だ。私は随分元気になったからね」

「ジェフリーが休んでいるというのなら、しばらく時間をおいても構わないのではないですか」

「あれは私のダイビング用ボンベだ。いなければあまり長い間潜ってはいられないが、素潜りくらいならばきちんとできる。少なくともしばらくの間はね。私がここにやってきた理由は他でもない。この台帳をお前に見てほしかったからだよ。そしてできることなら、中田さんにも」

そう言うと、ヘンリーさんは懐から何かを取り出した。日記帳、のような分厚さの手帳だ。紙面が古びていることが開く前からわかる。赤い革表紙に、流麗な筆致で何か文字が書かれていた。

ジュエリーの記録。レアンドラ・クレアモント。

ああ。これがヘンリーさんが確認していると言っていた台帳か。

いや待て。それだけではない。革表紙には、もう一人分の名前が署名されている。筆跡が微妙に違うことから、別々の人物がサインしたのだろう。

薄れかけた筆跡に、俺は必死で目を凝らす。フルネームだ。キャロライン・Mなんとか。Mから始まる苗字だ。マナーラン――

この名前は。

「読めるだろうか。これが何なのか、おそらく君たち二人には説明はいらないね。代々クレアモント家の表の管財人はガラット家だったが、私の祖母であるレアには、もう一人管財人がいたようだ。いざという時、自分の手元にある裏帳簿が損なわれてしまっても問題ないよう、予備を預けておいた相手が。ここにはその副管財人の名前が書かれている」

キャロライン――マナーランド。ということは。

黒いコートの裾が翻る。ヘンリーさんはくるりと振り返り、背後に控えていた執事を見据えた。俺たち三人と、彼一人という構図になる。

「ローレント、お前の目的は、オクタヴィア・マナーランドの家が引き継いできた、レアの裏帳簿のスペアを回収することだね。そのために彼女のわがままを聞いている」

「…………」

裏帳簿のスペア。そんなものがあるのか。

しかし、これで一つ謎が解けた。クレアモント家の執事室が、オクタヴィアさんに力を貸している理由。燦然と輝く美貌と汲めども尽きぬ優しさの持ち主リチャードに、激しい恨みを抱ける使用人たちが、そんなにたくさんいるとも思えない。だが彼らが回収しようとしている、偽物のジュエリーに関係した物品があるというのなら、話は別だろう。

ローレントさんは、さっきから一律変わらない顔で、俺たち三人のことを見据えていた。やれやれ、とでも言いたげな顔だ。彼の顔に不満はない。ただ疲れているように見える。

「お前の主は無為な沈黙を好まないよ。答えなさい」

「…………私の主は、クレアモント伯爵家であり、現当主である第九代クレアモント伯爵ゴドフリー閣下でございます、ぼっちゃま」

「そうだね、ローレント。お前は私が幼い頃から、私たちの家にたくさん尽くしてくれた。そして父は今、死の床にあり、私は彼の所領を預かる名代としての権限を有している。ゆえに私からお前への命令は、伯爵家からお前への命令と同じ権能を持つだろう。何か反論はあるかね」

「…………こういったことをご理解いただくのは、難しいかもしれませんが」

わかっていただきたい、とローレントさんは前置きして。

「ヘンリー・クレアモント。全ての元凶はあなたなのですよ」

真正面から、ヘンリーさんに、そう告げた。

心臓にナイフを抉り込むような一言を。

リチャードの瞳に炎が燃える。もしここにジェフリーがいたら、ローレントさんの安全は不確実だったかもしれない。リチャードですらこうだったのだから。

食って掛かりかけたリチャードの前に、すう、と白い手が上がった。

ヘンリーさんの手だ。

よしなさい、というように、リチャードに手の甲を向けている。彼の手は大きい。リチャードより、おそらくジェフリーより大きくて指が長くて、痩せているので余計に節くれだって見える。ピアノを弾く人の手はみんなこうなのだろうか。

「どういうことかな。説明を求めたい」

「…………説明とは、いやはや。ダイヤモンドの相続にまつわるトラブルで、あなたが心身に異常をきたしたことで、使用人たちが被った過重労働と心労を、多少なりともご想像いただきたい。私は現代を生きる人間ですので、心の強さの足りない人間がそういった病をわずらうとは申しません。だがあなたはあまりにも弱かった。もう少しなりとも、次期伯爵としての体面を保とうとは思えなかったものでしょうか。あまつさえ、弟のように可愛がっていたリチャードぼっちゃまと反目し、彼の婚約を破談に導く陰謀を企てるとは

……失礼。これ以上申し上げるのは」

「最後まで聞こう。続けなさい」

ここまで言っておいて、これ以上も何もあるものか。リチャードに制止のサインが入っていなければ、ちょっとあんたそれはないいんじゃないかなと俺が乱入しているところであ

る。慇懃無礼という言葉の生き見本のような喋り方をする男は、まだくたびれた顔のまま続けた。もし本当に、そんなにくたびれているのであれば、これほど滔々と言葉を紡げるものではないと思うのだが。

「ヘンリーさま、あなたさまの婚約者の話になりますが」

ああ、とヘンリーさんが請け合う。婚約者？　初めて聞く話だ。でも、ジェフリーより年上である彼の年齢を考えれば、そもそも結婚していたって全くおかしくない。本物の『独身貴族』であるとしても、婚約者くらいいるのが自然か。

ヘンリーさんは笑って、ローレントさんの言おうとしていることを先取りした。

「ひょっとしてお前は、私の婚約が破談になったことへ、話を繋げようとしているのかね」

「あの件については、あなたがお断りになったとお聞きしておりますが」

「お前も知っての通り、それは建前だ。向こうが私と結婚しても、幸せな家庭を築けるとは思えないと、人を通して伝えてきた。我々にはほとんど面識もなかったし、波も風もないまま全てが始まり、全てが終わったが、これもまた、私の責任問題というべきだろう」

「……わかっていながら、何故あなたはそのように、恥をまき散らすことができるのか。そもそもあなたはここへ来るべきではなかった。ゴドフリー卿の枕元でお仕えしているべきだったのです。何故アジアの片隅までわざわざ足を運び、私に説教などさせるのですか。あなたのお父さまにお仕えしてきた身としては理解できない」

「父の末期のことを考えているのならば、問題はない。きちんと間に合う」

「そのようなことは誰にも」

「私にはわかる。それから、ローレント、もう一つの質問に答えよう。私が何故、今までかき散らしてきた恥にもかかわらずこのような場所にやってきたのか。それはね」

ローレント、とヘンリーさんはまた執事の名前を呼んだ。彼がそう呼ぶたび、何故だろう、俺は少し背筋が寒くなる。魔法使いが氷の呪文を唱えているように聞こえるのだ。

「一度起こってしまったことは、もう何をしても元には戻らない。私はそう知っているからだよ。私のことも、リチャードのことも、そしてジェフリーや、オクタヴィアや、我々の婚約者に起こったことも。そして私は、そのことにあまりにもとらわれすぎていた。前を向くのが嫌になってしまったんだよ。だがそんなことをしていても何も変わらない。だから今の私は、恥をまき散らしながらも前に進むことを選んだ。だからここにいる。多少なりとも理解してもらえるとよいのだが」

ローレントさんは黙り込んでいる。

「そういえばローレント、お前は日本語が少しわかるそうだね。お前とリチャードや、お前とジェフリーがおしゃべりしているのを遠くから眺めるのが、幼い頃の私は少し寂しくて、お前が羨ましかった。だが今の私は、お前より多少は言葉が達者かもしれないよ」

ローレントさんは、どういうことかと考えあぐねるような顔をしている。ヘンリーさんはただ、静かに微笑んでいる。六時間電車に揺られている間、茶畑の果てにずっとそびえていた、岩塊の大山のように。

そして次期伯爵となる人は、温和な微笑という表情の仮面を、すうっと引っ込めて。

一秒後、鬼の面をつけて戻ってきた。

「テメー、ザッケンジャネエヨ、バァーローガ。クソノ、役ニモ、タタナイ、講釈ヲ、垂レヤガッテ。チンタラ話ス時間ガ、モッタイ、ネェンダヨ。チッター、頭ツカエヤ。コノド畜生ガ」

――――。

アンティークな廊下の中を、史上最大級のサイクロンが吹き抜けた。ような気がした。瞬間最大風速は計測不能だ。リチャードが放心している。俺も放心している。ローレントさんもだ。明らかに日本語の内容を解してはいない顔だが、俺とリチャードのリアクションで、何か尋常ならざることが起きていることを察している。恐怖と狼狽の顔だった。そもそも弱々しい骸骨か何かと思っていた相手が、目の前で凄まじくドスのきいた声をあげたら、誰だって驚き慌てるだろう。

ヘンリーさんは相変わらず、泰然とした微笑みを浮かべている。怖いというより、畏れおおい。このスリランカの山間のホテルは、十九世紀から変わらない姿を保っている。ここに滞在したイギリス貴族たちもさぞかし多かったことだろう。今は彼がその一人になったように見える。俺たちの周囲に広がる屋敷の全てが、彼の味方をしているようにすら。

「今のはね、私の友達に教えてもらった言葉だよ。端的に言うとお前に言いたいことはそれだけなのだが、日本語では障りがあるだろう。英語で聞かせてあげようね」

凍っていたリチャードが、少しだけ俺のほうに身を寄せてきた。怖いから手を握ってほしいのかと思ったが違う。リチャードは何故か、俺の耳に手を当てようとして、はっと我に返った。青少年の健全な育成によくないことを聞かせてしまうとでも思ったのか。俺も相当慌てているが、リチャードはその比ではないらしい。

「私はもう、ここで終わりにしたいと思っている」

「な、何を」

「聞け。私が始めてしまった、古い憎悪と愛情のまじり合った、歪んだパズルのような人々の関係を、ここで終わりにしたいのだ。私の祖父である八代目伯爵を守るために、その父である七代目伯爵は時限爆弾のような遺言を残し、結果としてその愛が私たちを蝕んだ。私は醜く弟分であったリチャードに嫉妬し、実の弟は私を救おうとし、リチャードは東へと消えざるをえなかった。私の祖母レアが、植民地生まれの彼女を愛した夫を人々の好奇の目から守るために、汚濁の中に身を浸し、玉石混交の宝石の目くらましで、社交界の影の女王として君臨したことと同じ理由で。しかし今やお前たちはその記録を抹消しようと奔走している。私の父に穏やかな最期を迎えさせるためには、多少の犠牲も仕方がないと開き直って。だが、ここにあるのは愛ばかりだ。ローレント、愛情の記録ばかりなのだよ。誰かを深く愛する時に、人は最も残酷なことをする」

そう言って、ヘンリーさんはちらりと、俺のほうを見て微笑んだ。

愛のためなら、なんてきれいな言葉でごまかすつもりはない。俺はただ、自己満足のためにあの石を投げた。リチャードにはそのことがきっちり伝わっていて、今ではもう、つらいばかりの思い出になっているが。

オクタヴィアさんのところには、そういう甘い気持ちは届かなかった。

砕けた呪いの破片が、彼女の心のどこかに突き刺さってしまったのだろう。

ヘンリーさんは言葉を続けた。

「お前は私に責任をもてとか、強くあれとか言ったが、そんなことにはもう何の意味もないのだ。起こってしまったことはもう、どれほど私が強くなろうが、血を吐くように祈ろうが、なかったことにはならないのだから。今から私がどうにかして、たとえば命を捨てるか財産を投げ捨てるかして、リチャードやジェフリーと、あの婚約が破談する前の関係に戻りたいと願ったとしても、そんな願いは聞き届けられない。そして私は、傲慢にも、今はもうそんなことは望んでもいないのだよ。何故ならばあの事件を通して、私たちの結びつきはさらに強くなったことを、今は確信しているから」

「………何と愚かしい自己正当化を」

「その通りだ。この上なく愚かしい。だがローレント、愚かしさのない人間など、人間と呼ぶことができるかね。あるいは高潔な人形のまま、狭い部屋の中で頭をかかえて一生を終えろと？」

「そのほうがまだましな人生もございます」

「なるほど。ではお前と私の道は、きっかりと決別したというわけだね」

ローレントさんの言葉は、生き恥を晒すならば死ねということだ。そしてヘンリーさんはそれを真っ向から受けて、お断りだと突っぱねた。絶対零度の言葉による重量級の殴り合いが繰り広げられている。テメーザッケンジャネーヨのほうがまだ穏当だったが、多分あれは、ヘンリーさんなりの俺とリチャードに対するごめんねの挨拶だったのだろう。今からとても怖いことを言うけれど、大丈夫だよと。

この人はいつからこんなに、がっしりとした背中の持ち主になったのだろう。

言葉に詰まるローレントさんの背後から、久々に階段を上ってくる足音が聞こえた。このホテルにはエレベーターがないのだ。

今にも死にそうな呼気を漏らし、ジェフリーがシャツのボタンをとめながらやってきた。

「……ヘンリー。ごめん。寝てた。信じられない。こんなに眠りこむなんてな。そこにいるのは？　ローレント？　不思議だね。よりにもよって一番の堅物をハリーが連れてくるなんて」

ジェフリー。

ようやく役者がそろった、と俺は思ってしまった。クレアモント家の概念的三兄弟に、執事室の黒幕、扉の向こうにはオクタヴィアさん。もっとも彼女は扉の外の騒ぎに気づいて無視しているようなので、出てきてくれるとは思えないが。

目の下に隈をつくったジェフリーだけが、状況を飲み込めていなかった。

「あれ？　今何の話？　ハリー、顔が怖いよ」

「ジェフ」

「大丈夫？　休憩しなくていいの？　そりゃ可愛いお嬢さまとの対決なんだから、急ぎたくなる気持ちもわかるけど」

俺は胸がすうっと冷えてゆくような気がした。ジェフリーとそれ以外の間で、明らかに漂う空気が違う。彼だけが、何故か、いつものように不自然に明るく振る舞っていて、それはもし彼が平常のジェフリーならば、今この場所での演技プランには選ばないであろう仮面にしか見えないのだ。どこかで彼の歯車がおかしくなっている。

大丈夫だろうかこの人は、と俺は心から思った。もう二時間ほどホテルの部屋を借りて寝ているべきだと思う。

ヘンリーさんも同じことを思ったのか、大切な弟に向き直り、名前を呼んだ。ジェフ。ヘンリーさんがその名前を発音した時、俺の耳は不思議なほど強い意志を察知した。

「交換条件を教えておくれ」

「……え？　何の話？」

「お前は一体何を差し出したんだ。お前の秘書の裏切りの件について、ずっと気になっていた。何故ならお前の私用の仕事をしていることを、秘書が喧伝しているはずがないからね。あの秘書が中田さんのパスポートの情報を持っていると知っていたのなら、それはハッカーなどではなく内部の人間でしかありえない。だが何故、お前は私たちにそうと告げなかった。お前はまた何かを選ばされたのだね。その時のことを話しておくれ」


廊下がしんとする。

部屋の扉の内側には、まだオクタヴィアさんとヴィンスさんがいるはずだ。だが世界の全てから隔絶されたように、俺たちがいる空間には、異様な沈黙が満ちていた。


全員の視線を集めたジェフリーは、とぼけた顔で首をかしげてみせた。

「どういう勘違い？　あの時のことは説明した通りで、それ以上の情報は」

「ジェフ、ハッカーというのは何も、外からやってくるばかりではないよ。たとえば事件のあとにお前が廃棄したＨＤＤだが、壊し方が少し甘かったかもしれない。高級車を一台買う程度の金額を支払うと、壊れたＰＣの中にあった履歴を全て教えてくれる職業の人間もいる。金と時間がある人間には、そういう情報の修復は難しくない。つまり私のような人間のことだが。ジェフ、どうか私には嘘をつかないでおくれ」

ジェフリーの顔が、ひときわ青くなった。もう血の気がない。唇が真っ青だ。ヘンリーさんは憐れむような顔をしたが、慈悲は見せなかった。

「ジェフ。お前の秘書にPCから個人情報を抜き取らせたのは、執事室の関係者だね」

「…………あ、あ？」

「ゆえにお前は責任を感じ、ローレントたちと」

「いやあ、何、何の話。違う、違うから」

「やりとりをしていたが」

「だから違うよ。そんなことはないから」

「私とリチャードたちに直接の害が及ぶことだけは避けようと」

「そういう話じゃない。これはそういう話じゃないから」

「お前自身を差し出したのだね」

沈黙。

ジェフリーは蒼白な顔に、あるかないかの表情を浮かべてみせた。笑顔だ。この人はこんな時まで笑えるのか。息なのか何なのか、わからないような声をあげて、いつも陽気なお兄ちゃんは立ち尽くしていた。

「何の話か……わからないんだけど」

「ジェフ。電子メールを全て読んだ。全てだ」

「…………全部？　……何通あったの？」

「三千通ほど。それほど多くはなかったね」

「…………………やだなあ」

　貼りつけたような笑顔で照れてみせるジェフリーの後ろで、またしてもため息の音が聞こえた。舌打ちの音が聞こえたような気もしたが、ただの気のせいだと思う。そうでも思わなければ俺は本当に自分を抑えきる自信がない。何より俺の隣でリチャードが爆発しかけている時に、そんな物騒な音を立てないでほしい。

「なんともはや」

「ローリー、やめろ。やめろ。やめろよ！」

「脇の甘さは兄も弟も同じということですか。少しはましだと思っていたのに」

「やめろって！　ここでする話じゃない。約束が違うぞ」

「私に約束の履行を望むというのなら、あなたが私どもの期待に応えるべきだったのではありませんか。ジェフリーぼっちゃま」

　この人はこれで、クレアモント家の三人の男を全員『ぼっちゃま』と呼んだ。執事というのは長らく家に仕えるものだ。彼らが子どもだった時代のことも、それはよく知っているだろう。だがそれといつまでも子ども扱いするのとは話が別だ。何よりこの人は雇用関係を何だと思っているのだ。

俺がチープな怒りに駆られるより先に、ヘンリーさんが口を開いた。彼は怒っていない、ように見える。少なくとも外面からは、怒っているようには見えない。何もかもが想定内で、涼やかに頬を撫でてゆくそよ風を楽しんでいるような、穏健極まりない微笑みを浮かべたまま、彼はローレントさんと向き合っていた。英国貴族式、無礼な相手の殴り方を目の当たりにし、俺は背筋が微かに粟立った。

「確認させてくれ、ローレント。お前がジェフリーに迫った約束とは『私とリチャードに同じことを要求しないかわりに、クレアモント家の正統な跡継ぎを速やかにつくること』だね」

跡継ぎ？

正統な跡継ぎ。新しい言葉がいきなり出てきた。それはつまり、結婚して子どもをつくるということか。

何でまた、そんな立ち入ったことを、家に仕える執事さんが。

だが、ぽかんとしていたのは俺ともう一人だけで、ヘンリーさんもリチャードも、厳しい顔をしてローレントさんを睨んでいた。ぽかんとしていた仲間のジェフリーは、一拍遅れて狼狽し、ローレントさんに食い下がった。

「もういいだろう！　結婚するから！　ちゃんとした跡継ぎをつくるから！　これ以上僕の兄弟をいじめるのはやめろよ！」

ジェフリーの激昂は、一つの答え合わせになった。

本当なのか。今の話は。本当に本当なのか。

さっきローレントさんが、ヘンリーさんの婚約の破談の話をした時。彼が浮かべていた「全然わかっていない」という呆れた表情。あれはただ、ヘンリーさんの病の関係で霧消した婚約を嘆いていたわけではなく。

この、ただでさえ跡継ぎの少ない伯爵家の、正統な後継者が生まれなかったことを嘆いていたのか。

ヘンリーさんはもう四十代だ。しかしまだ子どもはいないし、さっきの話の通りなら婚約は破談になった。ジェフリーも気ままな独身である。ガールフレンドがいるという話は一度聞いたが、それ以来俺はそういう話を一度も聞かせてもらったことはない。リチャードは三十そこそこだが、結婚する様子はない。今回のことでもしかしたらという可能性もあったが――

そういう。

そういうことなのか、これは?

使用人たちの代表格だという執事が、オクタヴィアさんの計画に力を貸した理由は。

将来的に弱みになりそうなフェイクジュエリーの回収だけではなく。

安定した職場を保持するための、跡継ぎを確保するための作戦だったのか?

ローレントさんは、眉間に深い皺を刻んで、世界の全てを疎ましがるような表情を浮かべていた。

「…………ご理解いただきたい。伯爵家というのは、あなた方だけの財産ではないということを」

「ローレント、まだ言いたいことがあったようだね。少しならば許可しよう」

「傲岸(ごうがん)なことを！　ゴドフリーさまはよい当主であらせられた。彼は私たちのことを誰よりも気遣い、二人の息子をのこし、一人のスペアも育ててくださったというのに、ことここに至って、どれもこれも雁首(がんくび)を並べて娘の一人もつくれないとは、あなた方は一体何をしていたのか！」

一体何の話をしているのか、俺にはさっぱりわからない。話の意味がわからないのではない。ただこの人が、この二十一世紀の世になって、何を言ってくださっているのかがちっともわからないのである。

ヘンリーさんは泰然とした顔で、ジェフリーの肩を支えながら、微かな笑みを浮かべた。

「それは、お前たちの雇用に関係した話だね」

「いかにも。おわかりでしょう。もしも伯爵家の相続が途絶えれば」

クレアモント伯爵家は、おとり潰し。

つまりイギリスという国のものになるのだ。

そんなことを言ったって、そんな莫大な財産を相続したがる人など星の数ほどいるだろう。案外どこからかひょっこり隠し子でも出てきて何とかなるのではないかと俺は思ってしまうが、ローレントさんが心配しているのは、そんなことではなかった。

伯爵家というのは、一つの会社のようなものだと、彼は語った。

「会社の中にはさまざまな社員がいます。社長と重役だけで会社が成り立っていると思うものはいないでしょう。クレアモント伯爵家という枠組みの中で、あるものは庭を整備し、あるものは銀食器を磨き、あるものは車を運転し、あるものはあなた方のスケジュールや金融資産を管理している。どこの馬の骨かわからないような誰かが、風来坊のように相続人としてやってきたとして、それらの雇用が十全に保持されると思いますか。昨今のイングランドにおける、マナーハウスのナショナル・トラストの管理率の高さを思い出していただきたいとまで、私は申し上げなければならないのでしょうか」

伯爵家を一つの会社とするならば、おとり潰しというのは、会社の倒産だ。

そうなれば、そこに勤めている人たちは職を失う。クレアモント家の資産から考えて、十分すぎるほどの退職金は支払われるだろうが、やがては再就職先を見つけなければならないだろう。

このご時世、前職がメイドでした、フットマンでしたという人々は、どういうところに転職できるのだろう。

「イギリスの貴族の家に仕えた経験があるといえば、アラブの富豪は喜んで大金を積むでしょう。クレアモント伯爵家に勤めている時よりも高い俸給を提示されることも大いにありうる。しかし我々はイングランドの人間なのです。そこにいる日本人ならいざしらず、ドバイやオマーンやサウジに、故国や家族から離れて出稼ぎにゆきたいなどとは、つゆほども思っていないのですよ。そして代々伯爵家に侍従として仕えてきた家柄であるという誇りもまた、我々の中には息づいています。あなた方は私たちのことをもの言う人形程度にしか思っていないやもしれませんが、我々にもれっきとした意志があるのです」

いいんですよそんなことはわざわざ言わなくて、という早口な呟きを、俺の耳はとらえた。ヘンリーさんの隣で、ジェフリーが独り言を言っている。くたびれた顔はそのままで言葉には全然生気がないが、少しは元気が戻ってきたのかもしれない。簡単な質問くらいなら答えてもらえそうだ。

だがヘンリーさんは、そんな呟きは全く何も聞こえなかったようなふりをして、ローレントさんだけを見ていた。まるでテレビを観るような眼差しで。

「言いたいことは、それで終わりかね」

「………あなたにはついに、おわかりいただけなかったか」

「終わりかね？」

「………」

ローレントさんは俯いた。もうない、ということらしい。

途端に、ヘンリーさんは視線の向きを切り替えた。ジェフリーが少し驚いた顔をする。

ジェフ、と呼びかけながら、ヘンリーさんは大切な弟の頰を撫でていた。

「お前一人、大変な思いをさせてしまったね」

「…………いや、これはただの独断だから。気にすることじゃ」

「ジェフ。私の大事な弟。お前はいつも、自分の肩で世界の一番重くて尖ったところを担ごうとしてしまうね。私がそうさせたことはわかっている。でもね」

もうそんなことはしなくていいんだよと。

言い聞かせるヘンリーさんは、ジェフリーの頰をそっと、左右の手で包み込んだ。大切な水をすくいあげるように。硬そうで冷たそうで、そしてとてつもない優しさにあふれた、白い手だった。

ジェフリーが目を見開いている。思いがけず頑張ったねと言われた、あるいは悪戯を見つかったのに叱られなかった子どものような、あっけにとられた顔だったが、彼はそのまま流れ作業のように、いつもの笑顔を形作ってみせた。この人の壁は厚い。俺にはどうしたら破れるのかわからないほど、分厚くて手ごわい。

「ありがとう、ハリー。でもそれは君も同じことだよ。最近少し頑張りすぎているから、僕はそのほうが心配で。大体僕のメールって、大したことは書いてなかったでしょ?」

「ジェフ」

「強いて言うなら男友達とのくだらないやりとりがあったくらいで」

「わかってほしい。私はもうお前と同じところにいるんだよ。引っ張り上げてもらわなくても大丈夫だ」

「そんなに心配してもらわなくていいから。僕は本当に何でもできちゃうから。それに実際、早く子どもをつくれなんて言われなくても、僕にはペンシルバニアの彼女がいるし」

「フィラデルフィア」

「え？」

「以前私にガールフレンドの話をした時には、彼女の在地はフィラデルフィアだったはずだ。その前はボストンだったね。ジェフ」

　ジェフリーが言葉に詰まる。

「あー……実はね。彼女とは別れちゃって。でも今度の人は大丈夫だよ。うちはもう家柄のこととか気にしていられないでしょ。だからちゃんと自分の好みは通すつもりだよ。そういう心配をしてるなら、的外れだって」

「ジェフ」

「大丈夫だから」

「ジェフ、私は言いたくない」

「だから本当に大丈夫だって。何を？」

「言いたくないんだよ」

「あのねハリー、僕は君に何を言われたって大丈夫だよ」

ね、と微笑むジェフリーが、俺は波にさらわれる寸前の砂の城に見えた。砂の色は真っ白だ。今の彼の顔色によく似ている。もう触りもしなくても、波が触れもしなくても、ただ空気がそこに流れているだけで、ぼろりと崩れてなくなってしまうだろう。彼の姿はそのくらい弱々しく見えた。

その前で、ヘンリーさんは躊躇（ためら）いながら、口を開いた。

「私はニューヨークの人に会った」

「…………………え？」

「いい人だった。私は彼がとても好きだな」

「…………………は？」

「今度、ヨアキムさんを家に連れてきたらどうだろう。一緒にディナーをしましょうと、私から誘ってしまったんだ。申し訳ないのだが、私はメールを読んだだけではないんだ。メールにあった連絡先全てを個人的に確認した。五〇四件目で彼に当たった。おそらくはそれが、ローレントが握った情報だったのだろう」

ヨアキムさん？　誰だそれは。

俺が怪訝な顔をする前に、目の前でジェフリーが倒れた。口に手を当てている。

「………………おぇえっ……！」

えずくような音が廊下に響き渡る。リチャードが駆け寄って背中に手を当てるが、ジェフリーは立ち上がれない。赤い絨毯に膝(ひざ)をついたままだった。ヨアキムというのが誰だか俺にはわからないが、それが男性の名前であることはわかる。だから、ヘンリーさんが今、ジェフリーに言い聞かせた内容の意味もわかったと思う。

間に合ってよかったと、俺は不思議に安堵(あんど)していた。

この人がどこかの女性と『幸せになる』前に、こうなって本当によかったと。

へたりこむジェフリーは、泣きそうな顔をしていた。こんな姿をさらす彼を俺は見たことがない。一言で総崩れだ。衛星軌道から放たれたレーザービームの一撃で、万里の長城が灰燼(かいじん)に帰すのを見るようである。さっきまでテレビ画面でさんざん見た、オーバーキルという言葉が脳裏にちらつく。ジェフリーは立てない。完全に腰が抜けたらしい。

そっと傷口に塩を塗り込むように、ヘンリーさんはジェフリーの隣にしゃがみこみ、へたりこんだ弟の背中をさすってやっていた。

「これに懲(こ)りたら、ジェフ、フェイスブックで見つけた女性の写真を『これ最近の恋人』と言って見せびらかすのはやめようね。私も見たことがある画像かもしれないから」

「…………吐きそうだ。吐く、吐くよ……」

「いいよ。たくさん吐きなさい。もう随分長い間ずっと、お前は呑み込まなくていいものまで呑み込んでいた。ただ私を守るために。ありがとうジェフ。でも、もういいよ。大丈夫だ。私も大人なんだ。お前より少し年上のね」

「僕が大丈夫じゃない……！」

「絶対に大丈夫だ。今度は私がお前を守る」

　そういう意味の『大丈夫じゃない』ではないのでは、ひょっとしてもうオーバーキルは勘弁してくれという意味なのではと、俺はちらりと思ったが、口に出す暇はなかった。

　うんざりした、という感情がありありと表れたため息の音が、廊下に広がる。

　ローレントさんは片手で顔を覆うようにして、嘆かわしいと呟いていた。

「とんだ茶番です。こんなことのために私たちはスリランカの山奥まで来たのですか。旦那さまが心配だ。なんですか、あなたの弟は、我々との約束を完遂する力もないというのですか。個人の嗜好に口を出すほど野暮ではありませんが、何故さっさと子どもをつくって、そのあとにキムでもハンでも男とよろしくやるという選択肢がないのか。こんなに簡単なこともわからないとは」

　今度こそ俺がキレかけた時、冷たい声が響き渡った。

「口を、閉じろ」

　黒い氷のような声だった。

ヘンリーさんは立ち上がり、上着の裾を翻して、一歩ずつ執事に近づいていった。

「何人たりとも私の家族を侮辱することは許さん」

「わ、私は」

「まだわからないのか。お前はただ私の慈悲によって、この場所で口を開く権利を得ているのだ。弁えよ」

ローレント、とヘンリーさんは再度、呼んだ。

今度こそ氷の魔法は、呼ばれた人間の全身を包んだらしい。ローレントさんは、何か不思議な力に突き動かされるように自然に、赤絨毯に膝をついていた。跪いている。彼自身がその仕草に一番驚いていた。

ヘンリーさんはただ、そこに立っていただけだ。

これと同じ種類のオーラを、俺は知っている。リチャードの美貌だ。特品の宝石から溢れる輝きのような、防御不能のパワー。あれを正面から浴びるのはリチャードの輝かしい微笑みを至近距離でくらうのといい勝負だろう。不可抗力だ。

ちらりと振り向くと、リチャードはへたりこんだままのジェフリーの横にしゃがみこみ、そっと背中をさすってあげていた。

「全く、しまりませんね」

「…………リッキー、一応、確認するけど」

「ヘンリーから連絡があったのは昨日、あなたと合流する前です。詳細は存じませんが、あなたの親しい友人を紹介していただけるかもしれないという話は伺っていました。ディナーには私も同席します。どうぞ、お幸せに」

「勘弁して……」

「お幸せに」

「おぼええ……」

幸せになれと言われて口元を押さえる人を初めて見た。口元に手を当てて、ジェフリーは本当に苦しそうである。生まれてきたばかりの赤ちゃんのような顔で泣いている。俺まで泣きそうだ。

やった、やられたの関係というのは、本当に難しくて。

報復の報復、報復の報復の報復、報復の報復の報復のと、無限に続いてゆくのだとしたら、一体始まりはどこなのだろう。どの行動がどの報復にあたって、どこまでやればプラスマイナスがゼロになるのだろう。そんなことは誰も知らない。

ただ、終わらせることはできる。

できるのだと。

最初にヘンリーさんが言ったのは、そういうことだろう。

「ローレント、沙汰(さた)は追って言い渡す。下がってよろしい。もう言いたいことはないのだろう」

「……しかし」

「あるのかね？」

「………あなたは聞く耳を持ちますまい」

「内容によっては、聞こう」

「やれやれ。では『ない』と申し上げるほかありませんな」

そうか、とヘンリーさんは短く告げた。再びの黒い氷のような声で。

「もしお前が一言でも、たった一言であったとしても、自分たちの計画に年端もゆかぬ少女の孤独を利用したことを悔いていたとしたら、私はお前の沙汰を考え直しただろう。だがお前に、そういう言葉はないようだね。己の所業の非道をよく考え、省みるがいい。下がってよろしい」

「相変わらずぼっちゃまは甘い。では、私は一階の部屋で待機を」

「下がってよろしい」

俺にはその言葉が、暇を申し渡すと聞こえた。実際、そういうことになるのだろう。

ローレントさんは無言で、階段を下っていった。白い頭が見えなくなる。

長い時間を経てきたホテルだけが、俺たちを見守っていた。

さてこれからどうしたらいいのかと、ようやく考える余裕が生まれた頃、キイという軽い音がした。このホテルで一番いい部屋の扉が、薄く開く。

切れ長の瞳が覗いていた。

「えー……すっごい長い話をしてたっぽいですけど、終わりました？　お嬢、私が部屋のトイレ使うと怒るので、そろそろ外に出たかったんですけど」

「お騒がせしてしまって申し訳ない」

私は、と自己紹介をしかけたヘンリーさんに、ヴィンスさんは部屋から顔を出し、先手を取った。

「知ってますよ。ヘンリー・クレアモントさん、ですよね。お写真で見たことがあります。ヴィンセント梁（ライ）です。職歴はいろいろ。趣味は臓器移植」

「お噂はかねがね。香港ではリチャードとジェフリーがお世話になりました」

「……なんか、話に聞いてたより、元気になったみたいですね」

「そう言っていただけると嬉しい」

ヴィンスさんは口の形だけでにこりとして、部屋の扉をぐいと開けた。ベッドルームでは二人のマッチョが所在なさげに休憩しているので、どうやらここまでは俺たちも立ち入っても構わないらしい。

コネクティング・ルームに続く部屋の扉は、今は閉ざされていた。

耳を澄ますと、微かにゲームのものらしき音が聞こえてくる。

閉ざされた扉の前に立って、ヴィンスさんは軽く腕組みをしていた。やすやすと通すつもりはないらしい。だがヘンリーさんも簡単には折れなかった。

「ヴィンセントさん、もしよろしければ、彼女と話がしたいのですが」

「レアンドラさんの裏帳簿の話をしてたんでしょう。お嬢が持ってて、クレアモント家執事室が回収したがってる例のブツの話を。そのくらいは中にいても聞こえましたよ。お嬢は途中から耳栓してましたけどね。その件について話したいっていうなら、少し時間を置いたほうがいいと思いますよ。今はお気に入りのゲーム中なので」

「何を？」

「……何をって」

「ゲームのタイトルを教えてください」

思ってもみない質問だった。ヴィンスさんもしばらく言いよどんでいたが、最後には何か横文字の名前をもごもごと言った。ヘンリーさんは微笑み、なるほどと頷く。テレビゲームをしているということはわかったらしいと、ヴィンスさんは少しほっとしていた。

「ご挨拶だけでも構いませんか」

「……まあ、怒られるのは俺なんで」

「ありがとう」

「一族の皆さん、揃(そろ)ってわりと非道ですよね」

「伝統への深い理解に感謝します」

　揃ってわりと非道であるらしい、クレアモント一族の次世代当主は、呆れ顔のヴィンスさんに促されるまま、扉を開けた。ヴィンスさんがヘッドホンをしたオクタヴィアさんの後ろ姿に叫ぶ。

「お嬢ー、リチャード先生の婚約を破談にした張本人が来ましたよ。ヘンリーさん。わりと元気。ぶん殴られてもいいってさー」

　そんなことは誰も言っていないと、声を上げる気力がある人間は、もはや俺たちの中には誰も残っていなかった。ジェフリーは相変わらず戦闘不能だし、リチャードはその介抱役で、俺はといえば長い手番をふいにしてしまったばかりだ。ヘンリーさん一人が俺たちを背に回して矢面に立とうとしてくれているが、彼もさっきの集中砲火を耐え抜いて、強烈な一撃をくらわせたばかりである。病み上がりであることを抜いても、もうあまり彼には頼らないほうがいいだろう。

　回転椅子に腰掛けたまま、オクタヴィアさんはちらりと俺たちのほうを振り返った。ヘンリーが会釈する。ヴィンスさんに立ちふさがられ、彼以外のメンバーは、彼女の部屋への立ち入りを認められなかった。確かにこの人数の大人が入ってきたら、オクタヴィアさんではなくても怖いだろう。

「こんにちは。ヘンリーです」

「……あなたが」

「はい」

「…………言いたいことがたくさんあったはずなのに……あまり怒ると忘れるようです」

「では、思い出すまでここにいても構いませんか」

「嫌な人ですね」

「よく言われます」

扉は開いたままなので声は聞こえてくる。ヘンリーさんは何ラウンド殴り合いをこなすつもりなのだろう。聞いている俺のほうが、胸苦しくなるような会話の数々に打ちのめされかけている。

オクタヴィアさんはゲームを続けている。さっきと同じ、画質のよいシューティングゲームかと思いきや、今度は俺がプレイしたことのあるゲームより、何世代か前のもののような、ピコピコしたドット絵の画面のタイトルに興じている。四方八方から敵がビームを撃ってきたり、障害物を出してきたりするので、ぴょんぴょんはねて避けるのだが、死ぬ。敵が多すぎるのだ。

彼女は何度も同じ敵に挑み続けては、死に続けていた。

ヘンリーさんはそのプロセスをしばらく見守ったあと、静かに声をかけた。

「ゲームがお好きですか」

「……好きでも嫌いでもありません。私にはこれしかないだけです」

「昔は勉強が好きだったと、リチャードから聞いています」

「あなたが私の先生を語らないで。従兄だか何だか知りませんが、あなたさえいなければ、リチャード先生とデボラ先生はあんなことにはならなかった」

再びの殴り合いのゴングが響き渡った。ぶん殴られてもいいってさ、というヴィンスさんの言葉は、こういう意味ではなかっただろうが、結果としては同じことになっている気がする。血まみれの殴り合いだ。

ヘンリーさんは穏やかな声のまま応じた。

「……残念ながら、私がいても、いなくても、ダイヤモンドの遺言問題は存在してしまった。彼らを引き裂いたのは私だが、遅かれ早かれ同じことが起こっていたはずだ」

「冗談じゃないわ。だからあなたには責任がないとでも言うつもりですか」

「いいえ。個人的な苦しみは免罪符にならない。私がしたことはもう取り返しがつかない。あなたの人生を狂わせてしまったことも、もうどうしようもない。だがそれでも私は、諦めが悪い。まだあなたになにか、償える方法があるのではないかと思っている」

「ありません。私の幸せはリチャード先生とデボラ先生が、二人が満足するように暮らしてくださることだったのに。それを見届けたら私は消えようと思っていたのに、どうして邪魔をしたんですか。おかげで私はまだ生きていなければならない。最悪よ。最悪だわ」

心がもう一段階、ずんと重くなる。

さっきの彼女との会話で、俺はてっきり、リチャードとデボラさんの騒動があったあとに、彼女の希死念慮が爆発し、ハッピーエンドを見届けて死にたいと思い始めたのだと思っていたのに。

それすら順序が逆だったのか。

死んでしまいたいけれど、その前に一つくらいはいいことが欲しかったのに、それがなければ死ぬこともできないと。

俺が思っていたよりも、彼女を包む絶望の霧は、当たり前のように暗く、濃かった。

そして彼女はまた死んだ。プレイヤーキャラと呼べるほどのものはない。ただ赤いハートマークが画面の下のほうではねているだけだ。それが死ぬ。何度も死ぬ。もうそういうゲームなのではないかと思うほど、四方八方から手を替え品を替え敵が出てくるので、どうしようもないのだ。

ヘンリーさんはややあってから、もう一度、声をかけた。

「少し、貸してもらえるだろうか」

「何を」

「コントローラー」

「………………構いませんが」

どうせすぐ死にますよ、と彼女は告げなかった。同じことだと思ったのだろう。

しかし。

ヘンリーさんは俺が思っていた以上に奮闘した。四方八方から襲い掛かってくるレーザービーム、あたったら死んでしまう障害物の林、ぴょんぴょん飛び跳ねなければならないハードドル、どれも必死にかわしてゆく。

この人はそこそこゲームに慣れている、という感動を、俺とオクタヴィアさんとヴィンスさん、そしておそらくリチャードは共有していた。ジェフリーにはテレビを見る余裕がない。ゲームこそ違えど、俺にはどのキーを押せば何が起こるのかすらわからなかったというのに。

フェイント攻撃を受け、ヘンリーさんはゲームオーバーになった。ああ、と呻きながら、目を丸くしているオクタヴィアさんに、コントローラーを返す。

「難しい。だが、場数を踏めば、おそらく勝てる」

「………ゲーム、好きなんですか？」

「ご存じとは思うが、私は長らく相当気合の入ったひきこもり生活をしていた。その間にやれることといったら、寝ることと、食べることと、ゲームをすることくらいだったから」

ゲームしてたんだ、という呟きが、背後のソファで潰れている誰かのほうから聞こえた。

今も昔も、ジェフリーはヘンリーさんの見守り役だと思っていたが、全ての情報を共有していたわけではないらしい。

オクタヴィアさんの許可を得て、ヘンリーさんはもう二回、同じ敵に挑んだが、やはり負けた。しかしだんだん、目が慣れてきている。そもそもこういうレトロなゲームの敵は、毎回同じパターンで攻撃してくるものだ。それを完全に覚えて、対策を指に沁み込ませてしまえば、勝てるかもしれない。場数というのはそういう意味なのだろう。

しかし途中で、オクタヴィアさんは何かが怖くなったように、ゲームの電源を切った。

「出て行ってください。あなたたちと話したくない。出て行って。ヴィンス」

「はいはい。というわけで、今日は閉店です。お引き取りくださーい」

「私はお店じゃないわよ！」

「言葉のあや、言葉のあや」

今日は、というところに、ヴィンスさんは重きを置いていた。ジェフリーの体をひっくり返して抱き起こしリチャードに押しつけ、ホームに溢れる乗客を電車に詰め込む駅員さんのごとく、ヴィンスさんは俺たちを部屋から押し出した。だがそこにマッチョの二人のような、無機質な『仕事』感はなかった。

絶対にまた来いと命令する、黒曜石のような眼光。

その信頼に、ヘンリーさんも頷いて応じていた。そしてその日は、俺たちは食事と個室をあてがわれ、複雑な思いを抱えたまま眠った。全ては明日。また明日だ。

翌日からの日々は、信じがたいことにゲーム合宿だった。

貸し切りになった高級ホテルに一人ずつ部屋をとって——貸し切りなのだからとるも何もあったものではないが——朝目が覚めたら、巨大なホールで朝食。花の咲き乱れる広大な庭を散歩。オクタヴィアさんのご機嫌をヴィンスさんにうかがって、もしOKが出たら彼女の部屋を訪問、一緒にゲームをする。

挑んでも挑んでも殺される、ひどい難易度のシューティングゲームに挑み続ける。それにしても、シューティングゲームというのは、自分が敵を撃つゲームのことだとばかり思っていたのに、敵の攻撃を避け続けるゲームも同じ名前で呼ぶらしい。

目が疲れてきた頃合いに、アフタヌーンティーで疲れを癒やす。

日が落ち、ホテルの暖炉に火が入る頃、就寝。その繰り返し。

最初のうち、俺たちの陣営の戦力はヘンリーさん一人だった。彼一人しかコネクティング・ルームには入れてもらえなかったのである。しかし次第に、後ろで応援団をしていた俺たちも、ヴィンスさんのさりげない差配によって少しずつ中に入ることができるようになり、三日目になると、オクタヴィアさん、ヘンリーさん、俺、ジェフリー、というローテーション戦法が許されるようになっていた。ヴィンスさんは戦列には加わらない。リチャードもまた加わらないが、どうやらそれはオクタヴィアさんが拒否しているせいらしい。

あいつ一人、部屋の中にすら入れてもらえなかった。

美貌の男は、守護聖人のように俺たちを見守っている。

部屋の一歩外から、俺たち全員まるごとを、静かに。

四日目になるとブレイクスルーが見えてきた。敵の攻撃パターンを、みんなが少しずつ暗記し始めている。アフタヌーンティーに出てくる毎日違う種類のお菓子に、ちょっとずつ申し訳なくなってきた頃合いでもあった。ヘンリーさんの上達は目覚ましく、話にならないレベルの俺とジェフリーを置き去りにして、ぐんぐんと生存時間を伸ばしていた。何だか俺は、極限まで押し込まれていたスプリングを想像した。押されていた分だけ力が溜まっているので、跳ぶ時には高く大きく跳躍する。

五日目。ヘンリーさんはクリアのギリギリまで迫ったが、そこで折れた。そもそも俺たちはオクタヴィア嬢とは異なる世代の人間だ。連続してテレビを眺め続けるだけでもけっこうな眼精疲労が蓄積する中、ボタンを押し続けるのは、ゲームの中とはまた別種の戦いである。

休憩してくる、と言って部屋の外に出たヘンリーさんは、しかしすぐに戻ってきた。

大丈夫なんですか、とコントローラーを渡そうとした時、俺は息をのんだ。

美貌の男の顔が、俺のすぐ傍にある。

前だけを向いた眼差し。

リチャード。

「少し、やってみても構わないでしょうか」

オクタヴィアさんは驚いているが、何も言えないでいた。すがるように振り向き、ヴィンスさんの姿を確認する。ヴィンスさんは肩をすくめていた。勝手に入っちゃったんですよ、仕方ないでしょう、とでも言いたげな、困った無責任な顔だった。彼がそんな人ではないことは俺もリチャードも、そしておそらくオクタヴィアさんも理解している。

彼女は何も言わず、自分の隣にやってきたリチャードを、ただの置物のように静かに無視していた。きつく両手を握りしめながら。

ゲームの再スタート。電子音が流れ始める。この音楽を何度聞いたことか、特に歌詞こそないものの、もう冒頭部はソラでハミングできるし、夜中にこれを聴かされたら悪夢を見てうなされるかもしれない。その中で、リチャードがコントローラーを握っているのは、初めて見る光景だった。

ジャンプ、スライド、ジャンプ。スライド、スライド、ジャンプ。

やっぱり観察していたんだなと、俺はどこか答え合わせをするような気持ちでいた。

そもそも、あの男が何もせずに、外野に置かれているはずはないのだ。

十字キーを操りながら、リチャードは涼しい口調で喋った。

「その琥珀、とてもよくお似合いです」

ジャンプ。ジャンプ。今までにも俺たちは何度も挑んできたが、濁点混じりの「あー」あるいは「ぎゃー」以外の言葉を発しながらプレイできた人間はいなかった。しかも言葉は滔々と続く。

「ご存じかもしれませんが、古くからギリシア語で琥珀は『エレクトロン』、英語の『電気』の元となった語で呼ばれていました。琥珀は摩擦することによって静電気を帯びるゆえです。単純な理由ですね。そのため古代ギリシア人は、この宝石を雷の落ちた場所に生まれるものと思っていました。もちろん琥珀とは、樹液がかたまったことによって生まれる、厳密には鉱物とは言い難いものですが、そうしたイマジネーションによって人の心を、ひいては歴史を豊かにしてきたことに関しては、宝石たちと同じでしょう」

六連のレーザービームがおしゃべりな宝石商を襲う。だが当たらない。一撃も当たらない。俺も同じ回数同じゲーム画面を観察していたはずだったのだが、ここまで完璧にかわし続けることができるとは到底思えない。リチャードは画面だけではなく、プレイヤーの手元も観察していたのだろう。そしてまた、言葉が続く。

「これほどテレビゲームに熱中するのは生まれて初めてですが、これもまた電気の存在なくしては生まれえなかった文化です。こうしてあなたとコミュニケーションできることを、『エレクトロン』に感謝いたします」

オクタヴィアさんが顔をそむけた。そこから先は俺たちには未知の領域である。左右から同時に襲ってくる障害物の林。途中で不自然に途切れる画面。フェイントをかけて襲ってくるレーザー。あっという間に削られてゆくヒットポイント。

俺たちの最高記録を更新してから、再びのゲームオーバー画面が現れた。

「あと一歩」

呟いて、リチャードはコントローラーを置こうとした。

その前に、誰かが喋った。俺からは顔も、口元も見えない角度で。

「………怒ってないんですか」

オクタヴィアさん。

自分で自分を切り刻んでいるような悲痛な声だった。言ってからすぐ、彼女は馬鹿なことを聞いてしまったと思ったのかもしれない、後悔するようにドレスの背中を丸めた。

リチャードはオクタヴィアさんのほうを見て、視線が合わないことを知ると、もう一度テレビの画面に眼差しを移して、呟くように言った。

「少しも」

「…………」

「動画も拝見しました。あなたが生きていてくれたことが、私は嬉しかった」

「…………」

「ジェフ。何をしているのです。あなたの番ですよ」

「もー、僕には才能ないよ。絶対すぐ死ぬから。絶対。五ポンド賭ける」

「何事も挑戦です」

無言で頷きながら、ジェフリーはオクタヴィアさんの隣に座り、コントローラーを握った。オクタヴィアさんは椅子に座ったまま、立ち去ろうとはしない。今まではジェフリーが隣に来るたびに、階級の違う人間がやってきたと悟った十八世紀の貴婦人のように、しずしずと離席しては、彼の番が終わるとまた戻るという、静かに堪える意思表示をしていたが、今日はそういうそぶりはなかった。

ゲームが始まってすぐ、もう嫌というほど見たので何も考えなくともクリアできてしまうパートに入ったあたりで、ジェフリーも口を開いた。

「…………僕も動画メッセージ見ましたよ。仰るとおり僕は大変なろくでなしで、万死に値する罪人ですが、それでも僕の彼氏に危害を加えないでいてくれたこと、本当に感謝しています。家族に僕の秘密を告げ口しないでくれたのにも助かりました。まあここで見事にアウティングされましたから、結果としては同じに、あっ……あーっ、死んだ！　うわー、もうちょっと遊びたかった。以上、ジェフリー・クレアモントがお送りしました」

「実況者にしては腕がなさすぎるんじゃありませんかね」

「……それ、競馬の実況とかの話？」

ヴィンスさんは呆れ顔のまま、まだ体調が多少ポンコツなジェフリーをつまみだし、はい中田さんと俺を促した。中継ぎ登板である。真打はまだ戻ってこない。ヘンリーさん、と俺は祈るような気持ちで願った。

だが今は俺の番だ。

今日のオクタヴィアさんは、コンディションがよさそうに見える。顔色もよくて、ヴィンスさん曰く、昨日のお昼に出てきたスリランカ・コロッケことロールスをおいしいと言って食べていたらしい。とても珍しいことだそうだ。食欲があることはいいことだ。おいしいと思えるものがある時、人はそう簡単に死なない。

「…………あの」

ゲームスタート。連続で放たれるレーザービーム。障害物の連続。タイミングとスピード勝負のジャンプ。開始数秒のことではあるが、俺はなんなくこなしてみせた。少し嬉しくなる。

「…………俺、ゲーム、ちょっとはうまくなりましたか」

「全然」

「うわっ」

彼女の呟きに呼応するように、次の攻撃がやってくる。最初にプレイした超高画質ゲームは何だったのかというくらい、このゲームはレトロである。ボタンの押し具合で、ちょっとジャンプ、長くジャンプ程度の調整はできるが、前後左右縦横無尽に動くなどということはできない。手足を縛られたまま逃げ続けるようなゲームだ。

無意識のうちに体を左右に揺さぶりながら、それでもコントローラーを放さない俺に、オクタヴィアさんはぼそりと問いかけてきた。

「……何でそんなに頑張るの。つまらないことよ」

「いや、実際やってみるとけっこう……」

「そういうことじゃなくて」

ゲームの話ではなく。

どうしてこんなに自分に食いついてくるのかと、彼女は尋ねている。

ヘンリーさんでもジェフリーでも、もちろんリチャードでもなく、俺にそれを尋ねるのは、彼女の感覚的には、俺が一番部外者で、かつ彼女の側近ポジションにいるヴィンスさんに近いからだろう。アジアの人間でよかった。

どう答えたらいいのかわからないまま、俺は心の中からぽっと浮かんできたことを喋ってみた。

「オクタヴィアさんが」

途端にレーザービームが迫る。危ない。ここは安心させておいていきなり襲い掛かってくる鬼のような場面である。気は抜けない。そして何よりゲームオーバーになったら彼女の隣に座っていられる時間は終わるのだ。できるだけプレイを続けなければならない。俺は内心ひいひい唸りながら喋った。

「オクタヴィアさんが頑張っていたから、俺も頑張りたくて。誰かが一生懸命やってることって、それだけで価値があるでしょう。たとえば、この近くでも宝石を採掘している人がたくさんいて、一日に一つのクズ石もとれないこともざらだって、俺は聞きましたけど、それでもやるんですよ。毎日、毎日。俺はそういうの、すごいことだと思います」

「……こんなものクリアしたって、クズ石の一つも出やしないわ」

「それは、そうかもしれませんけど」

でも彼女は挑んでいたではないか。

石を宝石にするのは、人間だ。

誰かがその石を宝石と決めるからこそ、その石は『宝石』になる。

だったら俺も、そうしたい。

俺も彼女の大事にしているものを、何かにあらがおうとしている彼女の挑戦を、一緒に大事にしたい。

そういえば、みんなであれこれ言いながらゲームをするこの風景は、どこか俺が小学生や中学生の頃に体験した放課後の一コマに似ている。誰かの家にお邪魔して、夕飯の時間になってさようならと言うまで、みんなで飽かずにテレビゲームをするのだ。

そして俺は死んだ。自己最高記録を更新したが、それ以上は食いつけなかった。唸りながら席を立つと、いれかわりに背後に立っていた人が俺のポジションに座る。戻ってきていたらしい。

ヘンリーさん。

「コツがつかめたと思う」

戦場に戻った歴戦の猛者のような顔をして、彼は俺の位置にどっかと腰を下ろした。コントローラーを握り、テレビに正対する。

もう一度。

そこからの流れを、俺は音楽のことしか覚えていない。今までさんざん途中まで聞いては『死んだから終わり』とブチッと切られていた音楽が、川の流れのように続いてゆく。ジャンプ。ジャンプ。スライド。レーザービームをかわして、ジャンプ。こういう曲だったんだなと、頭の中に新しい情報が流し込まれてゆくような時間を、俺はあっけにとられながら過ごしていた。

ヘンリーさんの手つきは、よどみない。

全ての障害物を消すために、パチパチと長い指が動く。

ジャンプ。

スライド。ジャンプ。思いがけないフェイントも恙なく回避。

ジャンプ、ジャンプ、一時停止とジャンプのコンボ、そして。

最後の最後。

俺たちが初めてたどり着いたところで。

ゲームの中の登場人物が喋った。俺たちとさんざん、長時間の殺し合いを繰り広げてきた相手だ。まだやるのかとメタ的なことを言う。何でそんなに殺し合いがしたいんだと、そいつは俺たちを責める。

理由なんかない。俺たちが目的にしているのが、オクタヴィアさんとゲームをすることで、それ以上の目的はないのだ。いいから早くやられてほしい。

だがヘンリーさんは、ふ、と隣に腰かけるオクタヴィアさんに目を向けた。

「どうしましょうか」

「…………どうって」

「このまま続けますか」

「……続けてもどうせ死ぬんでしょう」

「攻略サイトで続きの展開を確認してきました。ここを越えると本当に終わります」

「…………電波は届かないはずですが」

「ホテルの据え置きパソコンを貸してもらいました」

ジェフリーがむせる。十九世紀に建てられたコロニアルなホテルで、次期伯爵がゲームの攻略サイトを検索。異世界的な語感だ。

「どうせなら私が自分で勝ちたいだろう、と?」

「それもあります。でも、ひょっとしたらここで終わりにしなくてもよいのでは」

絨毯に座るヘンリーさんから、見上げるように微笑みかけられると、オクタヴィアさんは目を見開いた。

何でそんなに殺し合いがしたいんだと、ゲームのキャラクターが責めるように、俺も思っていたことがある。

どうしてそんなに、オクタヴィアさんは生きているのを嫌がるのか。

大切な人をまた失ってしまうかもしれないという恐怖、だけではないだろう。ここで過ごしたゲーム合宿の間に、一つ気づいたことがある。それは彼女が、自分の隣で誰かがゲームに熱中しているのを見るのが、おそらくとても好きなのだろうということだ。にこにこというより、熱中して眺めていて、一挙手一投足を観察して、感嘆したり呆れたりしている。彼女は人が好きなのだ。

だからこそ、大切にしている人がまたいなくなってしまうのが怖い。大切な人を作るのも怖い。でもそこから逃げ続けると、待っているのは、大切な人を作りたくても作れないという地獄(じごく)だ。

大切な人がいない世界で生き続けるのは、どれほどの苦痛だろう。

彼女に残されたものが、宝物を失った記憶だけなのだとしたら、そんな人生からは俺だっておさらばしたくなってしまうだろう。そんなのはつらすぎるし、苦しすぎる。

ポーズボタンを押して止まった画面の前で、オクタヴィアさんは沈黙していた。ヘンリーさんもまた、どこか愛嬌（あいきょう）がある敵キャラクターを眺めて黙っていたが、やがて彼は再び口を開いた。

「このキャラクターは、どこか私の弟に似ているな。悪い人ぶるのが得意になってしまって、付き合いがよくて、遊び相手のためなら、地獄の底までついてきてくれる」

ぐええ、という唸り声がソファから聞こえた。ゲーム合宿の間、ジェフリーは置物、あるいはゆるキャラのようなポジションでずっと倒れ込んでいたが、その間にルームサービスを注文し、運ばれてきたお菓子やお茶を倒れた姿勢のままおいしそうに食べる姿を、リチャードが半ば以上本気で責めていた。あの一連の漫才のような愉快な光景が俺は好きだった。ヘンリーさんも楽しそうだったし、おそらくオクタヴィアさんも、そう悪い気はしなかったのかもしれない。

オクタヴィアさんは小さく、言葉を返した。

「…………私にはそんな人ひとりもいない。欲しくもない」

「よければ、『欲しくない』の理由を、お尋ねしても構わないだろうか」

「……何度も言ったわよ。私の傍にいると大切な人は死んじゃうの。悪いことが起きるのよ。それが嫌なの」

「私の父は死にかけている。私のとても大切な人だ。大切な人はみんな、いつか遠くへ行ってしまう。いいことがあっても、悪いことがあっても、誰でも、例外なく、みんな」

人はいつか死ぬと。

俺はその言葉がどの目を出すか身構えた。そんな当たり前のことを言われたくないと彼女が叫ぶか、それとも。

オクタヴィアさんは黙って、テレビ画面を見つめているだけだった。受け止めはしていないが、撥ねつけもしていない。中間地帯の顔だった。

ヘンリーさんはしばらく間を置いてから、穏やかなトーンで言葉を続けた。

「限られた時間だからこそ傍にいたいのだと、私は思っている。オクタヴィア、あなたの御父上と御母上は、間違っていなかった。彼らがいなければ、私はこうしてあなたと喋ることもできなかった」

「私とあなたが喋ったからどうだというのですか」

「どうかな。私たちは生きた人間だ。生きているからには、何が起こるかわからないことが、いつもいくらかはあるものです。だから、何かあるかもしれない。オクタヴィア」

一つ提案をさせていただきたい、と。

ヘンリーさんが切り出した時、部屋の雰囲気が少し変わった。リチャードにもジェフリーにも、彼が何を言おうとしているのかはわからないのだろう。俺にもわからない。もちろん他の人にもわからないだろう。だが俺は何故か、自然とヴィンスさんの顔を見てしまった。

彼はただ、じっと、オクタヴィアさんのことだけを見つめている。

「あなたには誰か、後見が必要だ」

「必要ありません。財産のことを心配しているなら、じき私は成人します。そうなれば両親の財産も、法的に全て自分で管理可能です。私が消えたあとの寄付先も決めてあります」

「そういう事務的な意味での後見ではないよ。後ろで見守っている大人が、いてもいいのではないかと思う」

オクタヴィアさんは目蓋に力を込めてヘンリーさんを睨んだ。出て行けと言って、隣の部屋でダルダル待ちぼうけて四日のマッチョ二人が再登場して、俺たちを全員ホテルの外に放り出すかもしれない。そうなったら本当にゲームオーバーだ。本物のゲームなら『もう一度最初からやり直し』ができるが、現実では取り返しがつかなくなる可能性もある。

俺は祈るような気持ちで場を見守った。ヘンリーさんの言葉は続く。

「できることなら、私にその役割をつとめる栄誉を与えてほしい」

「…………後見を？　どういうことです」

「オクタヴィア・マナーランド、あなたさえよければ、私の娘になってもらえないだろうか」

と。

その言葉が出てきた瞬間の驚きを、俺は一生忘れないと思う。

娘？　娘って、子どもという意味か。

俺とひろみの関係のような、親子に？

血の繋がりも何もないのに、と思ったところで、俺の頭には太陽神のような中田さんの微笑みが浮かんだ。そうだ。俺と中田さんの間にも、血の繋がりなんか何もない。それでも俺たちは親子だ。

確かに、親子だ。

そういう絆を結ぶことはできる。

オクタヴィアさんは目を大きく見開いたまま、呆れたような口調で呟いた。

「……死んじゃうのに」

「さきほども言いましたが、人はいつか死ぬ。そして私は一度は、自分でそのタイミングを選びかけた。だが戻ってきました。それはあなたに会うためだったのだと、今ならばわかる」

「…………何を言っているんですか、大人のくせに」

「あなたも近いうちに大人になるでしょう。そうなれば大人と子どもの間に、厳密な境界線がないこともきっとわかる。私のような、物の道理を飲み込みきれない、中途半端な立ち位置の大人がいることもご存じでしょう。ですが私は、それでいいと思っている。そうでなければ、私は今ここにいなかったから」

「……変な冗談はやめて」

「真剣です。もしあなたが、私を信じてくれるというのなら、私はあなたのために全身全霊をかけて戦う。あなたを害するものがいたら、それが運命であろうと、容赦せず撃ち滅ぼしてみせる」

「もういいです」

「そして絶対に、オクタヴィア、約束します」

「やめてって」

「あなたのためには死にません。害されもしないし、不幸にもならない」

「もうやめてってば！」

オクタヴィアさんは椅子から立ち上がり、壁に向かって突撃した。もう何も見たくないと言わんばかりに部屋の隅にうずくまって、頭を抱えて小さくなっている。テレビはポーズ画面のままでつけっぱなしだ。その姿勢のまま彼女は叫んだ。

「出てって。みんな出てって！　ヴィンス。何をしてるの。ヴィンス！」

「ここにいますよ。さあ、あんたら全員、帰った帰った」

追い出される時も、俺たちは一様に呆けたままだった。杖をついたヘンリーさんだけが、一人きびきびと動いている。

これは何かの夢なのだろうか？　いや、現実だ。

廊下に放り出された俺たちは、一対三の構図で立ち尽くしていた。もっともジェフリーはふらふらしているだけなので、ヘンリーさんと対峙しているのは、ほぼ俺とリチャードの二人だったが。

「………ヘンリー、さきほどの言葉は」

「相談せずに口にしたことは、謝る」

「では」

「本気だよ」

私たちには子どももいないわけだし、と。

ヘンリーさんが言った時、リチャードは麗しい眉間に微かな皺を寄せたが、ヘンリーさんがにこりと微笑むと、皺は消えた。彼の言葉の真意がわかったのだろう。

「もちろん、現時点で私に配偶者はいない。年頃の女の子を養女に迎えるのは、大変な無理があるだろう。だからさしあたり、母にこの件を委託することを考えている。まずは母の養女、つまり私たちの妹というポジションに、彼女をおさめる。だが事実上は私の娘として扱いたい。そして私がいずれ結婚した暁には、彼女を娘に迎えるという方法を考えている」

リチャードの顔が真剣になった。本気だ。ここまで段取りを考えてあるということは、ヘンリーさんは間違いなく、本気も本気でこの作戦を考えていたのだ。

今彼が言った通りの方法で、もし問題がないのだとすれば、原理的には可能なのだろう。だがそれは、人間の温度を持った方法か。俺にはわからない。

そもそもヘンリーさんは、オクタヴィアさんのことをどう思っているんだ。

俺とリチャードが一様に黙り込んでいると、ヘンリーさんは破顔した。

「日本の昔話に、カグヤヒメというお話があると聞いたよ。子どものいない夫婦のところに、竹の中から可愛いお姫さまが出てきて、二人の子どもになってくれるという話だった。妻がいないことだけが不安材料だが、経済上の有利を考えれば、それほどの無理難題ではないだろう。そうそう、カグヤヒメはいろいろな難題を出してくるお姫さまだったそうだが、そういう女の子のお父さんになれたら、それは面白い経験になるだろうね」

「…………」

「人間同士の付き合いは、そんなに生易しいものではない、と言いたいのだろう」

ヘンリーさんがリチャードに告げた言葉に、俺も同意する。小学生の頃に『中田さん』という同性の新しい家族ができた時だって、俺の違和感や葛藤(かっとう)は生易しいものではなかったのに、オクタヴィアさんは十七歳の女の子で、ヘンリーさんは独身だ。

俺が想像する以上に、いろいろな問題があるだろう。

だが彼は、一律穏やかに笑っていた。たおやかで優しくて、少しぞっとするような力強さを持ち合わせている。不思議な微笑だ。

「理解していると思う。ここに来る間にも、言うか言うまいか、ずっと考えていた。だがこれでも、私なりに考えた末でね。申し出ることだけは、させてもらおうと決めた。もちろん彼女の意志が第一の話だ。無理強いをしてどうこうなるものでもない」

「………その通りだと思います」

「うん」

だがね、とヘンリーさんは静かに続けた。

「もし、彼女が提案を受け容れてくれるというのなら、私たちは私たちなりの形で、面白い家族になれるかもしれないと思っている。そうであればいいと願っているし、そのための努力も惜しまない。もちろん打算がないとは言えないだろう。ローレントの言葉は、ある意味では正しいのだからね。私は相変わらず弱く、己のやったことについて責任をとりきれずにいる。永遠にそうだろう。だが私に、彼女のためにできる最大のことがあるとすれば、おそらくこれなのだろう。あとは彼女がそう思ってくれるかどうか、それだけだ」

言いたいことはそれだけだと告げるように、ヘンリーさんは再び、にっこりと笑った。

この人は四十代のはずだが、微笑むと顔中に皺が浮き上がってきて、しわしわのおじいさんのように見える。だが澄んだ瞳は、ひょっとすると俺よりも年下の男の子のようにも見えて、何やら底が知れない人だ。巨大な悲しみや苦しみを受け止めると、人はどこか、実際の年齢から乖離した部分ができてしまうものなのだろうか。オクタヴィアさんの疲れきった眼差しのように。

「さて、お茶でも飲もうか。私たちはみんな目を使いすぎたよ」

そしてヘンリーさんは、ジェフリーの隣にそっと寄り添い、二人で並んで、一階のラウンジへと階段を下りていった。

俺とリチャードは、しばらく迷ってから、二人のあとを追うことにした。監視カメラが部屋の外にも配置されているとしたら、今のオクタヴィアさんを煩わせたくない。今の彼女は誰にも会いたくない状況だろう。ヴィンスさんを除いては誰にも。

「リチャード」

「はい」

「…………お前は？」

あの提案をどう思っているんだと、俺は質問しなかった。ただ、ある程度は通じたのではないかと思う。ある意味で、あの提案は、敵の懐へ入れ、軍門へ下れという、オクタヴィアさんへの投降勧告のようなものでもあったのだろうから。

そういうことを自分の家族がしている状況を、どう呑み込んでいるのか。

もしかしたら俺にも、何かお前の手助けになれることはあるかなと。

たとえばオクタヴィアさんを連れて、逃げるとか。

極論である。でも、そういう可能性を考えているのなら——

リチャードは何も言わず、首を横に振った。

「それは私たちが決めることではありません」

「あ……」

「行きましょうか」

俺は階段を下りてゆく最中、最後にもう一度、閉ざされた扉のほうを振り返った。

あの中に残された二人のことが、俺には気になって仕方がない。

どうなるにせよ、二人とも、いい方向を選んでほしいと思う。リチャードが俺に言ってくれた言葉にならうなら、『明るいほう』を。

俺は祈るような気持ちで、瞳に扉の姿を焼きつけ、リチャードのあとを追った。

二人きりになった部屋の中。

先に口を開いたのは、ドレス姿の少女のほうだった。

「ヴィンス」

「んー」

「……どうしてあなたは、私の傍にいてくれるの」

「今になってそれですか？」

「お金はもう払うだけ払ったでしょう。何に使ったか知らないけれど、あなたに必要な金額は準備した。私なんか、もういつ見捨ててもいいはずなのに」

どうして、という声に、茶髪の男は目をすがめた。

「それ、『どうしてさっさと泥船から逃げ出さないのか』って意味ですか」

「私のことを泥の船なんて言っているならいい度胸よ。でも、間違ってはいないと思う」

部屋の中に沈黙が満ちると、オクタヴィアは耐えかねたように一度は消したテレビのスイッチをいれた。一時停止されたままのゲーム画面が浮かび上がってくると、顔をしかめてリモコンを探し、見つからず、かんしゃくを起こしかけたところで、ヴィンセントがテレビを直接操作してチャンネルをかえた。

シンハラ語の天気予報が始まると、オクタヴィアは暴れるのをやめ、口をむっと引き結んだ。

「……言葉、わかる？」

「いや、全然」

「リチャード先生ならわかるわ」

「俺はリチャードじゃないですからね。あんたもだけどさ、お嬢」

「その、お嬢っていうのは何なの」

「日本語で『マイ・レディ』って意味です。やや軽めのニュアンス」

「それは前にも教えてもらったけど、どうして私をそんなふうに呼ぶの。オクタヴィアでいいって、一応言っておいたはずよ」

「言われてはいましたけど、俺が本当にそう呼んだら、お嬢はちょっとイラッとするんじゃないかなと思って。香港人らしくない香港人の感覚ですけど」

「イギリス人の感覚だと、そっちのほうが不思議だわ」

「じゃあ、『オクタヴィア』って呼ばれたかった？」

「……ちょっと腹が立つからやめてほしい」

「ほーら」

「あなたも私の質問に答えてくれないのね」

それきり、雇用主が沈黙すると、ヴィンセントもしばらくはならった。だが待っても待っても、部屋に流れるのが天気予報のキャスターの声のみで、『今日の仏教僧の言葉』コーナーが始まると、オクタヴィアはテレビを消した。

先に沈黙を破ったのはヴィンセントだった。

「あなた『も』って？　誰が質問に答えてくれないんだ」

「…………お父さん。あと、お母さん」

耳に痛いほどの沈黙のあと、オクタヴィアは意を決したように口を開いた。

「『何で私を置いていったの』って、一日に何度も何度も質問してるけど、一度も答えてくれない。夢には出てきてくれるけど、一言も喋らない。私のこと嫌いになったのかもしれない。馬鹿みたい。もう死んでる人なんだから、二人はそんなこと感じたり考えたりしないのに」

「わざわざ死んだあとに、自分の娘を嫌いになる親なんかいないでしょ」

「いるかもしれないじゃない」

「証明はできないと思いますよ」

「今日のあなたはやけに生意気ね」

「お嬢が元気ないんで、テンションややアゲめでいこうかなと」

「……………そこで『イエーイ』って言って飛び跳ねなさいよ、そんなこと言うなら」

「イエーイ。ジャンプ、ジャンプ」

「やめて」

「本当にめんどくさいなあ」

「あなたほどじゃないわ！　何なのよ！　馬鹿にしてるならあっちへ行って。あなたも下がっていいわ」

ヴィンセントは肩をすくめ、ジャンプするのをやめた。だが下がろうとはしなかった。

オクタヴィアは頰を紅潮させ、服の裾を握りしめた。

「下がってったら」

「喉が渇きません？　何か飲みますか」

「結構よ！　もう」

　何なのよと呻きながら、オクタヴィアは再び、壁に歩み寄ると壁紙に額をこすりつけ、ずるずると床まで沈んでいった。ヴィンセントはただ、同じ場所からそれを見守っていた。

「何なのよ、もう。何であなたは私の傍にいるのよ。もうお金は渡して、奥さんの都合の何かだって済んだって話だったのに、ずっと私のところにいる。定期的にお金はあげているけど、もう家が建つくらいの額があなたのところにはあるでしょう」

「さりげなく浪費がすごくて、未だに貯蓄ゼロなんです」

「噓。あなたは全然無駄遣いなんかしないくせに。そんな暇もないくせに。なのに何でまだ私の傍にいるの。何の意味もないのに。私なんか。もう全部終わってるようなものなのに。何なのよ。悪趣味な観察癖でもあるの。私を笑ってるのね」

「違う。そんなことじゃない」

「じゃあ何なの！」

　壁から振り返り、絶叫する少女を、ヴィンセントは相変わらず見つめていた。見つめながら、狭い歩幅でゆっくりと距離をつめると、雇用主の前に跪いた。

「……何よ」

「言ってもいいですけど、笑いませんか」

「もったいつけないでさっさと言いなさいよ。私はあなたのボスなんだから」

「ボスに笑われると部下としてはつらいじゃないですか」

「笑わない！　笑わないから」

「よかった」

それじゃあ、と前置きをし、髪をひとしきりいじったあと、ヴィンセントは跪いたまま、喋った。

「こんなこと言うとクサいんですけど……まがりなりに俺も、正義の味方になりたかったから、ですかね」

「はあ？」

「あーつまり、困っている誰かを助けられる人間ってことです。一度はなりそこなったんですが、諦めきれなくて。別に全身タイツとかに憧れはありません。中田さんはどうだか知りませんけど。あの人は上司がやれって言ったら喜んでやりそうだな。ちょっと怖い」

「…………」

あっけにとられるオクタヴィアの前で、ヴィンセントは脚を崩し、絨毯の上にあぐらをかいた。

「ま、つまり俺たちはお仲間ってわけですよ、お嬢。しくじったことをどうにか取り返したいと思ってる。まあ厳密に言うとお嬢はしくじりってわけじゃなくて、単純に運が悪かっただけだと思いますけど」

「……先生たちの結婚のことを言ってるの」

「そうですね。俺の場合は、リチャードの情報を売り渡したことです。これは完全に、俺の自由意志のもとの決断」

「もうずっと前に聞いたわよ、その話は」

「ですよね。でもお嬢は、何故か俺を嫌わなかったし、笑わなかったし、あれこれ便利に使ってくれた。どうしてですか？　退廃的なアジアの雰囲気に憧れるお年頃ですか？」

「冗談じゃないわよ。何よ『退廃的なアジア』って。差別的よ」

「じゃあ、お互いあぶれもの同士で、お似合いだとでも思ったとか？」

「あなたが！」

顔を上げたオクタヴィアは、思いのほか近距離から自分を覗き込む視線に少し、たじろいだ。だが相手が目をそらさないと悟ると、毛を逆立てる野生動物のように、きっとヴィンセントを睨み返した。

「あなたが……本当に困っているように見えたから、ちょうどいいと思ったのよ。あなたのことを知ったのは、ローレント経由で手に入った、あのジェフリーとかいう男のメールボックスの情報からだけど、他にも候補がいなかったわけじゃないわ。でも最終的にあなたに声をかけたのは、本当に、真剣に困って見えたからよ。そもそも緊急に大金が必要な人でもなかったら、私の計画の話なんか聞いてくれるわけがない。だからあなたを雇って、お金の力でいいように使ってあげたのよ。ざまあみろだわ。人生の何分の一かの時間を浪費したわね」

「雇い続けてくれたのは、信頼の積み重ねの成果、ってことでいいですかね」

「うるさいわね！　あっちへ行きなさいよ！　あなたの顔なんか見たくもないのよ」

「お嬢」

「もういいって言ってるでしょ」

「お嬢」

「あっちへ行ってよ。近いでしょう。鬱陶(うっとう)しいのよ」

「ティッシュありますよ」

「やめて」

床に座り込み、膝を抱えて顔を伏せるオクタヴィアに、ヴィンセントはティッシュ箱を差し出したが、少女が顔を上げるそぶりはなかった。しばらく箱を差し出した姿勢でとどまっていたものの、ヴィンセントはオクタヴィアの震える背中の隣に移動し、腰を下ろした。

「お嬢、大丈夫ですよ。俺のことは心配ないです」

「…………このままだとあなたが死んじゃう。もうそういうのは見たくないの。いやなのよ。あなたには大切な人がいるんでしょう。私なんかに関わってないでさっさと家に帰って。お金を持っていって幸せになって。もう私のことはいいから」

「『私の傍にいると不幸になるから』って？　今どき乙女ゲーの主人公でもなかなか言いませんよ、そんな台詞」

「私はＦＰＳが好きなのよ。ノベルゲームは専門外」

「お、目がうさぎみたいだ」

「噛みついてやるわよ」

「はいティッシュ」

箱ごとティッシュを受け取ったオクタヴィアは、びーと音をたててはなをかむと、再び膝の間に顔を埋めようとしたが、隣にいる男の顔をちらりと見て、ただ俯いた。横目でその顔を確認してから、ヴィンセントは軽く、言葉を紡いだ。

「ああいうのも面白いのになあ、マリアンもハマってたし……まあそのうち、他のジャンルも楽しくなってくるかもしれませんから、気長に待つとしますよ」

「気長なんて言葉は大嫌い。もうやめて。そんなに私を憐れみたいなら、全身タイツでも着てそこから飛び降りなさいよ」

「だからそういう正義の味方じゃないって言ってるのに。それに、何て言うか、就職当初とは微妙に目的がズレてきてるんですよね。俺」

「もう全然わからない。一度も働いたことのない私にもわかるように言って」

「あー、つまり……」

軽く前置きしたあと、ヴィンセントはオクタヴィアからティッシュを受け取り、ゴミ箱に投げた。小さくまるまった白い玉は、きれいな弧を描いて銀色のバケツにシュートされた。

「『正義の味方』の解釈の問題なんですけどね」

「……………」

「あの時はただ、お嬢のやろうとしていることが、俺にとってもプラスになるんじゃないかと、馬鹿正直に思ってたんですよ。リチャードが一人で孤独に苦しんでるんだったら、俺もそれを解消してやれるんじゃないかなって。でも、もう正直そういう感じじゃないのは、お嬢もわかってるでしょ」

「…………デボラ先生が、お金はいらないって言った理由が、全然わからない」

ヴィンセントは沈黙の中で、少女が復讐計画の前に講じていた、金銭支援計画のことを思い出していた。離婚後のデボラ・シャヒンに、二度目の結婚にあたっての資金が足りないのならば全額用立てる旨(むね)を、オクタヴィアに頼まれて知らせに行ったこともあったが、ヴィンセントが持ち帰った回答は、芳しいものではなかった。

そんなものは必要ありませんと。

冷たくもないが、温かくもない、事務的な返事だった。

オクタヴィアは俯きながら、こぶしを握り締めていた。

「……やっぱり私のお金だと不幸になりそうだから？」

「だからそれは絶対違うって。そういう問題じゃないって」

「じゃあどういう問題なの！」

「わかるでしょ。もうあの人も、リチャードとは結婚したくないんですよ。だから『特定の相手との結婚資金にしてください』ってノリの支援は、受け取れない。内政干渉みたいなものでしょう。でも誰だって、自分の心に嘘はつけない」

「……………私のせいで？」

「お嬢のせいじゃない。生きてるからにはそういうこともあるんです。誰のせいでもない」

「…………」

「お金の話を断ってくれなかったら、逆に悲惨だったたんじゃないですかね。よかったじゃないですか、お嬢。デボラ先生、俺そんなにたくさん話したわけじゃないですけど、大人同士の対応をしてくれてると思いますよ。イエーイ、ジャンプ」

「もうそのネタは飽きたわ。やめて」

「泣きながらでもつっこみが冴えてますね」

オクタヴィアは何も言い返さず、ただ涙を頬に伝わせていた。水晶のような涙を見つめながら、ヴィンセントは微かに笑った。

「お嬢、クールな悪役顔の時より泣き顔のほうが、らしくていいですよ。まあ別に、それはお嬢に限ったことじゃありませんけど」

「…………意味がわからない。あなたは何がしたいの」

「今の俺ですか。そんなに大それたことがしたいわけじゃないんです。ただ……またクサいんですが……しんどい思いをしている誰かの傍にいて、バカとわかってやってるバカに付き合うのも、それはそれで正義の味方かなと」

「…………そう」

「そうなんです」

「……義務感?」

「俺がそうしたいと思ってるだけ」

ずっとはなをすすったオクタヴィアに、ヴィンセントはもう一枚ティッシュを差し出した。少女が涙を拭いはなをかみ、いい塩梅に落ち着いた頃合いを見計らって、ヴィンセントは呟いた。

「でもさ」

「え？」

「そろそろ自分の家のことも気になってはいる。本当の話。奥さんが一人だし。まあマリアンは俺よりしっかりしてるから、一人でも大丈夫だとは思うけど」

「……帰っちゃうの？」

声を震わせたオクタヴィアに、ヴィンセントは首を横に振った。

「帰らない。あんたが『もういい』って本気で、本気でだよ、本気で言うまでは、ずっと傍にいる」

「…………」

「理由は単純で、俺がそうしたいと思ってるから。さっきも言ったけど」

それからねお嬢、とヴィンセントが続けても、オクタヴィアは静かに耳を傾けていた。

「俺が家を持てたのは、いや……今度は守れたのは、他でもないあんたのおかげなんだよ。どれだけ感謝しても足りない。ハッピーエンドだ。どう転んでも、あんたのおかげで俺に残されてるのは、もう最高のハッピーエンドだけなんだ。感謝してるんだよ、お嬢。俺をあんたの『大切な人』にしてくれて、本当にありがとう」

「…………」

「一応、補足するけど、これを『死ね』って意味にとるんだったら、俺ショックのあまりイエーイって言いながら窓からジャンプするからな。真顔で」

「やめてよ。わかってるわよ。ちゃんとわかってる」

「そっか」

　オクタヴィアは俯きながら、音をたてずに泣いた。ティッシュは受け取らなかった。ただぽたぽたと垂れてゆく涙を、時々青い袖で拭いながら、じっと絨毯を見ていた。

　ヴィンセントも静かに、隣に座っていた。

　ほとぼりが冷めた頃、オクタヴィアは呟いた。

「ヴィンス」

「ん」

「…………ありがとう。大好き」

「あー、実は俺、既婚者で」

「馬鹿」

「へへ」

　ヴィンセントはそっと、結い上げられた髪に手を伸ばし、ぽんぽんと軽く撫でた。

　その日の晩、リチャードやヘンリーさんたちと、静かに夕食を取っていると、三階からヴィンスさんがやってきた。オクタヴィア嬢からのメッセージを携えて。

このホテルでの催しはこれで終わり、スイスに帰る。

ヘンリー氏からの申し出の回答については、保留とさせていただく。

以上。

拒否ではなく、保留。

その回答の持つささやかな温度に、俺たちは皆、救われるような思いだった。おそらく、いやきっと、笑っていたヴィンスさんを含めて。

ロンドン。ハットンガーデン。ここは東京でいうならば、御徒町に近い場所である。どっちを向いても宝石店、どちらかというと小売店というよりは卸店の雰囲気。

雑多な雰囲気の中、歴史ある宝石店が、そこここに隠れている。

その中の店の一つに、俺たちは、いた。

「お待ちしておりました、伯爵」

「ありがとう」

伯爵——と呼ばれているのは、ヘンリーさんだ。

第九代クレアモント伯爵ゴドフリー氏は、俺たちがヌワラエリヤのホテルから去り、ヘンリーさんがロンドンに戻った翌日、息を引き取った。本当に間に合ったのだ。私にはわかる、というヘンリーさんの言葉は、ブラフではなく真実だったのかもしれない。ヘンリーさんともども、あの時にはジェフリーとリチャードもロンドンに戻っていったので、伯爵は育てた三人の子ども全員に看取られて亡くなったのだろう。

葬儀や埋葬などには、俺も出席させてもらった。伯爵というからには、大会社の社長のような葬儀を想像していたのだが、出席者は俺を含めてせいぜい二十人、墓地の庭にテントをはって、内輪だけですませる静かな会だった。場違いにやってきたセールスや営業マンには、ジェフリーが張りつけたような笑みでお引き取り願っていた。日本の葬儀とはまた少し、文化が違う。

その後、クレアモント屋敷の中に引っ込んだ際、お悔やみを言いに来た人たちにご挨拶(あいさつ)をする番になると、ああ、あの人が、という好奇の視線や指さし内緒話の洗礼をいくらか受けた。オクタヴィアさんが言っていた『業界では噂(うわさ)』という話も、あながち間違いではなかったのかもしれない。一刻も早い噂の風化を願う。とはいえもう、気にするようなことでもないのだけれど。

屋敷で働いている人たちの今後の処遇についてまでは、俺は知らされていない。ただあれ以来、ローレントさんには一度も顔を合わせていない。俺がクレアモント屋敷にお邪魔した際、執事と呼ばれていたのは、きびきびと働く中年の女性だった。

だから今回の俺の訪英は、伯爵の死後、二度目である。

理由は、ヘンリーさんが注文していた品物ができあがったため。別に俺が作製を依頼されたわけではない。ただ、品物の受け取りに立ち会ってほしいと頼まれたのである。

品物とは、印章指輪である。

俺には想像もできない文化だったが、なんでも貴族の人々は、先祖から受け継ぐ財産と同じように、代替わりをするごとに、これをつくるものだという。

半地下に存在する工房の奥から、背筋の曲がった禿頭の男性が出てきた。縁なしの丸眼鏡に、シャツの裾をとめるバンド。彼は喪服姿のヘンリーさんと手を握りかわした。フランスだったらきっと抱き合うだろうなと俺は思ったが、ここはイギリス、ロンドンで、相手はヘンリーさんを伯爵と知っている。俺は二人の間に行き交う静かな敬意を見た。

「ベケット翁、本当にありがとう」

「光栄ですが、嬉しくはありませんよ。二代の指輪をつくることになるとはね。だが、三代目はないでしょう」

ベケットと呼ばれた男性は、この宝飾店の首席クラフトマンである。彼は大きな木彫の箱におさめられた何かを、俺たちが待つ書斎のような部屋に持ってきた。中央にあるテーブルの上に、箱を置く。木の箱の中には、ベルベットの箱。宝石箱だ。

そしてその箱を、ヘンリーさんが手に取り、開くと。

「………ああ」

「クレアモント家の紋章の獅子に、ヘンリーさまのイニシャル。そしてリングの裏側には、オーダーのあった蓮の花の彫りこみ。根の部分にホワイト・サファイアを一粒象嵌いたしました。お確かめください」

一見、地味な金と黒の指輪である。

だが覗き込んでみれば、緻密な彫金に目を奪われる。

想像するのは博物館に収蔵されている、ローマ時代や中世の、古い年代の指輪である。俺が銀座でアルバイトをしていた時、リチャードがガーネットの印章の話をしたことを覚えているが、まさにあれである。ただし、博物館にあるものと異なるのは、指輪が巨大であることと、はめこまれた黒い石に、目を見張るほど精緻な細工が施されていることだ。それにしても目を疑うほどの巨大さだ。指の上に小人用のテーブルが乗っていると言われても信じるだろう。ただし、黄金製の。

テーブルの天板にあたる位置には、角の丸くなった四角形の宝石が象嵌されていた。黒地に微かに滲む赤い斑。ブラッドストーンだ。宝石言葉は勇気、叡智。いずれも伯爵家のモットーであるという。その中にさまざまな意匠がエングレービング、つまり彫刻されている。

大きな盾、それを左右から支えるライオン。盾の中は四分割されていて、右上にユニコーン、右下に薔薇によく似た花の模様。左上に矢印のような放射状の分割、左下に三つの塔。そして盾の下には、ラテン語と思しき文言の彫り込まれたリボンがゆらめいている。勇気、叡智、もう一つは慈悲。

ブラッドストーンを支える、四本脚のテーブルのような黄金の台座。これがとにかく大きい。高さは十センチ、幅は三センチくらいだろうか。儀式の時でもなければ、指にはめるようなものではない。うっかりぶつけでもしたら指を折ってしまいかねないだろう。

地金全体の色合いは、あまり下品にきらきらしないよう、やすりをかけたようなくすんだ金色である。このあたりも、ヘンリーさんにぴったりだ。

金属板の部分にインクを塗って紙に、あるいは封蠟の上に押印すれば、スタンプとしても利用できるだろう。

これが印章指輪、シグネットリングである。

代替わりのたび、新しい伯爵がつくり続けてきた、いわば当主の証。現在のイギリス貴族の先祖の方々が、ノルマンから船でやってきたのは十二世紀ごろ、その頃にはもう印章指輪もインタリオの技術も存在したはずだ。規模は違えど、ひょっとしたらその頃から同じように続いている文化なのかもしれない。

ヘンリーさん、ジェフリー、リチャードとまわってきたリングが、ありがたいことに俺の手にも回ってきた。全ての意匠を確かめたあと、俺はふと、リングの内側にも、エングレービングが施されていることに気づいた。

極細の針でひっかいたような、蓮の花。開いた花の下には茎がのびていて、その根元には一粒、甘い輝きを放つホワイト・サファイアが象嵌されている。不思議だ。円環するリングの中に全ての意匠がおさまっているので、サファイアの輝きは、種のようでもあり、同時に花を育む太陽のようにも見える。

彼がこの花を指輪に刻んでくれた理由は、おそらく彼の祖母にあたるレアさんへの敬意と、クレアモント家が今まで引き継いできた遺産——よいものも最悪なものも——全てを持っていくという、決意の表明だろう。仰ぎ見るような思いで、俺はヘンリーさんに指輪を返した。

伯爵となったヘンリーさんは、台座に比べればおもちゃのようなミニチュアに見えてしまうリングに、左手の小指を滑り込ませた。あまりにもアンバランスな指輪だが、ひたりと吸いつくようにリングが指におさまる。いい指輪だなと俺は思った。ベケット翁も同じことを思っているようで、青い瞳をうるませながら、うん、うんと頷いていた。

ヘンリーさんはクラフトマンに向き直り、サンキューと優しく発音した。

「心から感謝いたします」

「大事にしてやってくださいね」

「もちろん。あまりたくさんは身に着けられないでしょうが」

「そんなことを言わず、お出かけの際には是非どうぞ。少々骨が折れるかもしれませんが」

はは、と笑いながら、ベケット翁は一度眼鏡を外し、涙を拭っていた。

ヘンリーさんはそっと目くばせをし、指輪をはめたまま立ち上がった。同時にリチャードとジェフリーも立ち上がる。何だ、と思う間もなく、ヘンリーさんは部屋の中で最も開けた場所に立ち、二人もそれに従った。

そして二人は、ヘンリーさんの足元に片膝(ひざ)をつき、跪(ひざまず)いた。

「ばんざい伯爵。御代が永からんことを」

「ばんざい伯爵。御身が健やかならんことを」

二人は一言ずつ、ごくごくおさえたトーンで呪文のように唱えると、まるで何かの様式に従うようなそぶりで、頭を下げ、小指の指輪に一度ずつ口づけした。

そして儀式が終わると、二人は立ち上がり、ヘンリーさんを抱きしめた。ヘンリーさんも抱き返す。長い、長いハグだ。

喪失のいたみを分け合うように、あるいは生まれてきた形を確かめるように、静かに抱き合う三人を、俺は一歩離れたところから、静かに見つめていた。

半地下の店を出てゆくとすぐ、華やかなおしゃべりの声が聞こえてきた。ロンドンは大小を問わず公園の多い街だが、ごみごみしたハットンガーデンの中にも、小さな緑のスペースが存在する。

ベンチが二つと生垣しかない、小さな公園の中にいたのは、一人の女の子と、一人のひとだった。

「もう終わったんですか？　残念。もっとおしゃべりしたかったのに」

「別に残念ではありません。私は人見知りなので」

喪服姿のオクタヴィアさんは、まるっきり黒いドレスのアンティーク人形だった。きつく結い上げていた髪をほどくと、彼女の金髪は腰まで流れる金色の河のように広がった。あいかわらず喉元にはあの琥珀のブローチが輝いているが、服装のせいか、今日は石がいつもより明るく見える。

隣にいるもう一人は、俺が今まで見たことのないファッションの相手だった。今日初めて紹介された時には驚いた。黒いドレスシャツ、黒いタイに、燕尾服のようなジャケット。ただし裾が異様に長くて、ワンピースドレスを着ているように見える。細い脚を強調するような黒いパンツに、膝下まである黒のピンヒールのロングブーツ。そしてきらきら輝くオレンジのグロスに、きゅっと先端が細くなった眉。浅黒い肌。彫りの深い顔。アッシュグレイのポニーテール。長いつけまつげ。

ヨアキムさんである。

久しぶりに空港で会ったジェフリーは、本当に死にそうな顔をして「紹介したい人がいるんだけど」と切り出してきた。彼の後ろに立っている人を、俺は最初仕事関係のモデルさんかなと思ったのだが、それがヨアキムさんだったのだ。

つやつやした唇の持ち主は、俺の瞳をじっと覗き込んで微笑むと、よろしく、と低い声で告げた。きれいな人だった。

　ハットンガーデンへの道のりの間、俺とヨアキムさんは車内で自己紹介をし合った。ヨアキムさんとリチャードはもう顔見知りであるらしい。俺の知らない間に例の『ディナー』があったのだろう。北欧系とアフリカンアメリカンの血の混じった人であるそうで、得意料理は中華、趣味はおしゃれ、ジェフリーとはニューヨークで知り合ったそうだ。知り合ってからいろいろあって、『互いを絶対に幸せにしない』という約束で、契約恋人のような関係を続けていたという。それがどういう関係なのか、俺にはよくわからないが、いつでも好きな時に魔法のように微笑みを浮かべられるこの人とジェフリーとの関係は、キツネとタヌキの化かし合いに似ていたのではないだろうか。どちらも自分の手札を隠しておくのが得意に見える。少なくとも感情がぼろぼろ零れてしまう俺のようなタイプよりはよほど。

　ただしそれも我慢の限界で、そろそろ約束を破ってしまいそうだったから、こうなって本当にほっとしたと、ヨアキムさんは優雅な身振り手振りで天を仰ぎ、笑った。取り繕わない笑顔が少し幼く見える部分も、ジェフリーによく似ていた。

　そして俺とヨアキムさんが話している間、ずっと死にそうな顔をしていたジェフリーは、キムお願いだからそのくらいにしてね、言わなくていいことは言わなくていいからね、お願いだからねと念押しをし、また気分が悪そうになると、呆れ顔のヨアキムさんに介抱されていた。さりげなく、しかしてきぱきと世話を焼く姿は、お兄さんというよりお母さんかお父さんのようで、俺は少しほっとしてしまった。ジェフリーはみんなの世話を焼こうとするタイプだと思うので、世界に何人かは、彼自身の世話を焼いてくれる人がいないとパンクしてしまうだろうから。

車は途中、ロンドンの高級ホテル街に立ち寄って、そこでオクタヴィアさんとヘンリーさんを乗せ、再発進した。

印章指輪の店は、とにかく狭いところだったので、全員で入ることはできそうになかったし、オクタヴィアさんは地下の狭いところに入るのを嫌がった。なら二人でお留守番しましょうかとヨアキムさんが提案し、オクタヴィアさんも嫌がらなかったので、俺たちはおそるおそる二人を残して店に入ったのだが、どうやらヨアキムさんはコミュニケーションに優れた人らしく、オクタヴィアさんは表向き嫌そうな顔をしていたが、彼との距離は俺との距離より近いように見えた。

ありがたい、と思いながら俺が二人に背を向けようとすると、オクタヴィアさんが声をかけてきた。

「中田さん、どこへ行くんですか。お一人？」

「ちょっと待ち合わせがあって。リチャードにも知らせてあるから心配ないよ。ヨアキムさん、すみません。またお会いできるのを楽しみにしてます」

「こちらこそ。ジェッフィに飽きたら電話させてください、中田さん」

「やめてくださいよ。永遠に電話が来ないじゃないですか」

「あら」

きらきらの唇から投げキスされると、何だかちょっといいものをもらってしまったような気がして胸が温かくなった。ついでに性別の概念がどうでもよくなってくるから不思議である。それにしても、ヨアキムさんは飛行機でロンドンに到着したばかりのはずなのに、よくぞこのランウェイからおりたてのような格好を維持できるものだ。素直に感服する。

「それじゃあ、オクタヴィアさんも」

彼女に挨拶した時、俺は少しどきりとした。ヨアキムさんと話していた時にはそっぽを向いていた彼女が、今度は痛いほど思いつめた眼差しで俺を見ている。

どうしたのだろう。

「オクタヴィアさん……？」

「中田さん」

彼女は俺の名前を呼びながら、首筋に手をやり、ブチリと音をたてて琥珀のブローチをむしった。ピンが曲がってしまったかもしれない。服に穴が開いていないか。俺が慌てると、オクタヴィアさんはどこか小ばかにしたような、泣きそうな顔で笑った。こういう表情を年相応というのかもしれない。

受け取るか受け取らないかも決められずにいる俺の前で、彼女はブローチを握ったまま語り始めた。

「これは、父が祖母から受け継ぎ、母に贈った品です。来歴についてはご存じですね。彼女はレアンドラ・クレアモントと共に、社交界を裏から牛耳る宝石の番人でした。でもそんなことは、私にも父にもどうでもいいことです。この琥珀は……私にとっては……あの事故以来、父であり、母でもある存在でした。一生誰にもあげないし、貸さないし、私がこの世から消える時には一緒に壊してしまおうと思っていたのですが」

彼女は言いよどみ、首を横に振った。ヨアキムさんがさりげなく俺の隣からオクタヴィアさんの隣に移動し、肩を支える。オクタヴィアさんは嫌がらなかった。

「……中田さんは、ユラテとカスティティスの物語を知っていますか？　バルト海に伝わる民話です」

俺は首に横に振る。リチャードならもちろんと請け合えるだろうが、俺には知識の範疇外だ。彼女はしみじみとした声で、悲しい物語を教えてくれた。

「これを」

「…………これを？」

「あなたに差し上げます、と言えたらいいのですが、預けます」

預ける。俺に、琥珀のブローチを。

ユラテとカスティティスとは、女神と人間の名前だ。女神ユラテは海中深く、琥珀の宮殿に住む女王だったが、ある時美しい漁師カスティティスに恋をする。二人は海の底で楽しく暮らすのだが、不死の女神が人間と恋に落ちたことを天上の神が怒り、カスティティスは殺され、琥珀の宮殿は砕かれ、ユラテは宮殿の残骸の中に幽閉されてしまった。女王は恋人の死を悼み、海の底で涙を流し続けている。

嵐のあと、バルト海の岸に流れ着く琥珀は、ユラテの涙、あるいは崩れたユラテの宮殿の破片であるのだという。

「母が私に語り聞かせてくれたお話です。もうずっと昔のことですが。この琥珀は、私にとっては『美しい記憶の最後の輝き』でした。粉々に崩れてしまった宮殿の破片みたいに、もうこれしか残っていないもので、私にとっては全てでした。でも……今になると、この琥珀は……ずっと傍で眺めていると、少し悲しすぎるから……」

「はい」

「……信用できる金庫に預けたいと、思うようになって」

それで俺ということか。

本当に、どこかの銀行の金庫に預けたほうがいいのではと、俺はおずおずと提言したが、オクタヴィアさんは決然と首を横に振った。長い金髪の彼女が首を振ると、まるで海の女王のような威厳が漂う。

「中田さんさえよろしければですが……リチャード先生のホワイト・サファイアの隣に、私の琥珀を置いてくれませんか」

「ホワイト・サファイア？　ああ、そのことも」

「知っています。ホワイト・サファイアは、あなたとリチャード先生にまつわる、いろいろな人たちの思いの結晶でしょう。だからもし、私の琥珀をそこに加えてもらえるなら……その……」

寂しくないと思うから、と。

オクタヴィアさんは慈しむように、ママレードのような琥珀の表面を撫でた。とろりとした樹液の塊は、まるで柔らかな大粒の涙のようだった。そして彼女にとっては、愛した人たちの魂、愛情の記憶でもあるのだろう。愛しい子どもを慈しむように、彼女はこの琥珀を寂しがらせたくないと思っている。そういうことならば。

俺は琥珀のブローチを受け取り、一度そっと撫でて。

オクタヴィアさんに返した。

「ホワイト・サファイアの隣にこの琥珀を置くことは、いつでもできます。でもできることなら、このブローチは俺じゃなくヘンリーさんに預けたほうがいいんじゃないかな。俺はこれからスリランカに戻るし、東京に行くかもしれないし、そのあとはどこに行くかわかりません。もう少しオクタヴィアさんの傍にいる人が金庫役のほうがいいと思います。

あの人はもう、あなたと一緒にいるための覚悟を全部、決めていると思いますよ」

「…………何年かしたらあなた経由で伯爵に渡してもらおうと思っていたんだけど」

「ああっ、そういう計画が！」

「……やっぱりいいです」

「いえ、もし段取りがあるなら、俺も全力で」

　オクタヴィアさんはほんの少し、顔を赤らめて首を横に振り、そういえばもう一つあったからともごもご呟いた。もう一つ？　って何だろう。だが答えは与えられないまま、彼女は琥珀のブローチをヨアキムさんに渡し、再び首につけてもらっていた。曲がってないし穴もないから大丈夫、というヨアキムさんの言葉に、彼女も安心している。思うにオクタヴィアさんと俺は、思い切りのよさが似ているのかもしれない。危なっかしいほどの猪突猛進さのようなものも。

　だったらこの人の隣にも、支えてくれる人がいたほうがいい。

　俺は改めて、新伯爵の叡智のぬくもりにほっとした。

「そういえば中田さん、待ち合わせがあるんじゃ？」

「ああっ、すみません！」

　ヨアキムさんに促され、俺は二人に手を振ってタクシーを捕まえた。黒いキャブに乗り込み、待ち合わせ場所を告げる。

「V&A博物館」

ヴィクトリア・アンド・アルバート・ミュージアム。

V&Aという通称で親しまれている博物館だ。

ロンドンには二カ所、宝飾品で有名な博物館がある。一つはワタリガラスと牢獄(ろうごく)で有名なロンドン塔、もう一カ所がこの博物館だ。だが今回の俺の目的は宝石の見物ではない。

待ち合わせだ。

ヌワラエリヤを去る前に、ヴィンスさんから渡されたメモが正しければ、ここで合っているはずである。

入館無料のゲートを抜けて、二階展示室へは上がらず、まっすぐ進むと、中庭が見えてくる。広い池があるのだ。ごくごく浅い池らしく、ズボンの裾をまくりあげた子どもたちが、観光客らしき親に見守られながら、元気に水しぶきをとばしている。後ろ側に控えているのは世界で一番古いミュージアムカフェを有する別棟だろう。レンガ色の壁に円柱を持つファザード。威風堂々な風情(ふぜい)だ。

俺は池の周りをぐるりと見まわしてから、あいているベンチを見つけた。三人掛けの右半分に、ベビーカーを押した女性が腰かけていて、左半分は空いている。ベビーカーの中では、クリーム色と水色のオールインワンを着た子ども二人が、声もたてず眠っていた。

「すみません、お隣いいですか」

「どうぞ」

俺は日本語で話しかけ。

彼女も日本語で返してくれた。

ああ本当にこの人なんだなと思いながら、俺は何も言わずにただベンチに腰かけた。何も言えない。俺はこの人を知っているが、この人は俺を知らないのだ。

最後に顔を合わせた時、ヴィンスさんは俺にメモをくれた。メールアドレスと、俺からの連絡を待っているという言伝(ことづて)。だからこそ今この時、俺はここにいる。

「中田さんですね」

確認する必要もない質問の応答に、何故か俺が言いよどむと、彼女はおかしそうに笑ってみせた。黒い眉にはっきりとした赤い唇。たたずまいは堂々としている。首に大判のストール、下はジーンズばきで、踵(かかと)のないベージュの靴をはいている。

「こんにちは。デボラ・シャヒンと申します。ベルリンで公文書の翻訳(ほんやく)をしております」

「……本日は、遠路はるばる」

「いえ、他にも用事がありましたから。お気になさらず」

頭が混乱する。目の前にいる女性は、見るからに日本人ではない、彫りの深い顔立ちをしているのに、赤い唇から出てくる日本語は俺以上に完璧だ。この感覚を俺は知っている。とても。今では少し懐かしい感覚だ。

精一杯声がふるえないよう心掛けながら、俺は自己紹介した。

「……中田正義です。役人志望の宝石商見習いです」

「え？　どういうことですか」

「それは、ええっと」

長い話になる。

俺は大学二年の春からの出来事を、あらいざらい喋った。美しい宝石商に出会った代々木公園の夜の話、ばあちゃんのパパラチア・サファイアと神戸の話、銀座の宝石店でアルバイトをしないかと持ち掛けられた話、リチャードが俺のことをずっと待っていてくれた新橋駅の話、リチャードを追いかけてイギリスに渡った話、ホワイト・サファイアの話、リチャードに説教をされて泣いた話、俺の実の父親と本当の父親の話、公務員試験の勉強をしながら宝石商の修行をしているスリランカはキャンディでの話、豪華客船でヴィンスさんと出会った話、プロヴァンスで宝探しをした話、日本に帰国した時の話、それからオクタヴィアさんの話も少し。

大体はリチャードの話になったように思う。

正直な話、口を開いた時には、自分が何を話しているのかよくわからなかった。これまで自分の身に起こったことを話そうとしても、言葉にできないのではないかと思った。

だが口に出してみると、案外、できてしまう。

何ということはない。大学二年から、今日この日までだから、せいぜい四年間である。その四年間で、何とまあ多くのことが、俺という人間の身に起こったことか。喋っても喋っても終わらない。

その間、彼女はずっと、静かに耳を傾けてくれた。長い話が終わると、彼女は穏やかな顔で、呟いた。

よかった——と。

「え？」

「彼が元気そうで、よかった。あなたの話を聞いていると、彼はまるで私の知らない人みたいに元気で、堂々としていて、とても格好いい」

「…………」

あいつはもとから格好いいですよね？　と俺がおずおずと確認すると、彼女は小さく声をあげて笑った。

「あなたは瓶の中のお酒の種類や味わいより、入っている瓶そのものを気にするの？」

「それは」

それはそうだが、そういうことだけではない。それだけの話ではないのだ。しかしどう説明すればいい。俺が言いよどむと、彼女は首を横に振った。

「ううん、責めているわけではないんです。どちらかというと逆ですね。あなたの言っていることが、一番正しいのかもしれない。器のない中身はないし、その逆もない。どっちかというと、私は中身のことばかり気にするタイプで、外側のことをあまりにも気にかけなかったから、彼にはそういうところが珍しかったのかもしれません」

「……そうでしょうか。そんなことだったのかな」

「どういう意味ですか？」

「本当にいいんですか」

気づいた時には、口から言葉がまろび出ていた。

何を言っているんだ俺は。彼女が俺に会いたいと言ってくれたから、ただ会いに行く。それ以上のことは何もしないと心に決めていたはずなのに。口は勝手に動く。駄目だ。やめろと心が命じる。だが同じ強さで、今しかないのだと命じる心もある。俺がこの人と話せるチャンスは。おそらくこの一回だけだ。俺たちにはその程度の繋がりしかないのだから。

だったら。

「リチャードは………あなたが……とても、好き、なんじゃないかな。もし、あなたが、あいつのことを好きだったら、諦めないほうが、いいんじゃないかと」

「オクタヴィアちゃんと同じことを言うんですね」

音もなく、胸の奥に氷の花が咲いたような気がした。

きゃーきゃーと騒ぐ子どもたちの声を、どこか遠くに聞きながら、俺は彼女の声にじっと耳を傾けた。

「多分、あなたが一番気になっているのは、私の離婚の原因ですね。簡単にお話しすると、私の実家と、元夫の実家がもめたんです。原因は私の父の弟が『お前と結婚していなければ、あの娘は今頃イギリスの貴族だった』と酒の勢いで夫に絡んだこと。私は非常に父権が強い文化の中で育ったのですが、結婚した以上花嫁は夫権の庇護下にあるという認識でしたので、あれは非常に失礼なことでした。それで二つの家の間がぎくしゃくし始めて、結局うまくいかなくなりました。私は一度決断すると早いので、じゃあ、と言って別れて、それきりです」

　業務的な口ぶりだったが、不思議とどこにも、冷たさがなかった。この人は一体どういう人なのだろうと思いながら、相手の言葉に耳を傾ける時、俺の胸には罪悪感が兆す。品定めすべきではないものを品定めしている感覚だ。リチャードは、お客さまの言葉からさまざまな情報を見知っては知らん顔をする天才だが、そういう感情に一体どうやって折り合いをつけているのだろう。

「本当におかしな人たちです。私がリチャードと結婚しようとしていた時には、『あんな無礼な男たちの家に嫁ぐなど、とんでもない』と、顔を真っ赤にしていたのに、いざ逃した魚が大きいとわかると、未練たらしくそれを悔やんだりする。おかしくて、意味がわからない人たちです。当事者でもないのに。それで、私は彼らに愛想をつかして、遠くへ出立しました。誰かの影響もあったかもしれませんね。さすがにスリランカや香港に行こうとは思いませんでしたけれど」

ふふ、と彼女は笑う。そうだ。リチャードと彼女は連絡をとり合っているのだ。スリランカで荒れていた時代にまで近況報告をしていたとは思えないが、今の彼女があいつの略歴を知っていたって、何ら不思議なことではない。

この二人は本当にいい友達なんだなと、俺は深いところで納得しかけていた。友達。そういうものなのか。

「………デボラさん、には」

「はい」

「……リチャードともう一回、やり直そうって気持ちは……ないんですね」

「不可能ではないと思います。でも、あえてそうしようと思う理由もありません」

ざっくりしているが、わかりやすい。もうこのあたりでやめておこうと、俺の中の良識は告げる。ただでさえ縁もゆかりもない人間同士である。こんな立ち入った話をいきなりするべきではない。そうなんですね、お会いできてよかったですとか何とか言って立ち去るのが一番だ。そうしたいのに。

未来永劫、この瞬間を後悔するであろう未来の自分に死ぬほど詫びて、俺は言葉を絞り出した。

「…………どうして……？」

「どうしてやり直さないのか？」

「理由を…………お尋ねしてもよろしいでしょうか」

「説明するのは難しいですね。ただ、そういうタイミングなのだと、私は思っています」

「タイミングですか。それは……もしかしたら」

時間が経ったら、今度はやり直したくなる可能性があるということなのだろうか。恥も外聞もかなぐり捨てて俺が質問すると、彼女は微かに笑い、そういうことではなくて、と言ってくれた。

「あなたですよ。中田さん。あなたとリチャードのタイミングのことを言っています」

うん？

意味がわからないながら、俺は自分で自分の顔を指さした。はいそうです、と言うように、彼女は深く頷く。

わからない。どういうことだ。

「私もリチャードも、基本的には『求められたら助ける』タイプです。困っている人がいたら手を差し伸べたいと思うし、自分の才能をかってくれる人々がいれば、その人たちのために働きたい。人間なら誰しもそういうものかもしれませんが、自分主体の自己実現よりも、利他の精神のほうに衝き動かされがちな人間であることは自覚しています」

「……はい」

「だから、誰かに『好き』と言われると、なびきがちなんです」

「……はい」

「あなたのことですよ」

「えっ」

　俺があまりにも大きな声を出したせいだろう。ベビーカーの中の子どもたちがむずがり始めた。彼女は笑いながら立ち上がり、子どもたちの名前を呼びながら、二人を左右の腕に一人ずつ抱いてあやした。相当力が必要な抱っこだろう。俺もやりましょうかと腕を伸ばすと、彼女は笑って、クリーム色の服の子どもを俺に渡し、彼女が力いっぱい俺の顔を押しのけて抵抗すると笑って引き取っていった。ちょっと心が折れそうな瞬間だった。

「別に私は恋愛の話をしているわけではありません。単純に、人付き合いの話です。時間は有限で、あなたは私たちよりも随分若くて、リチャードから学びたいと思っていることがまだまだたくさんある。そしてリチャードも私も、求められたら与えたくなる性分です。そういう時、生徒の前から先生を攫っていってどうするんです。私とリチャードに共通の天分があるとするなら、それは全身全霊で己の力を尽くすことです。力いっぱいあなたに与えようとしているリチャードを奪うのは、彼の盟友である私の本意ではありません」

「…………」

「それより、中田さんはドイツ語には興味がありませんか？　ドイツ語なら、私は彼よりもいい先生になれると思いますよ」

俺が目を白黒させていると、彼女は楽しそうに笑って、昔リチャードと一緒に古いドイツの映画を観たという話をしてくれた。話の内容よりも、それぞれの役者のなまりや文法が気になってしまって、まがりなりにもデートであったというのに、お前らは一体何なんだと、カフェで隣の席になった男から唸（うな）られたという話も。

彼女の記憶の中のリチャードは、俺が知っている一番古いリチャードの姿よりも若い。

その時のあいつは、どんな顔をしていたのだろう。

その時もきっと、輝くように美しかったことは、間違いないと思うけれど。

俺が渋い顔をしていると、彼女は二人の子どもをベビーカーに乗せ、また笑ってくれた。

「勘違いしないでください。あなたがいてもいなくても、私の判断は変わらなかったでしょう。でもあなたがいてくれるおかげで、私は自分の判断に、明るい面があることを信じられるんです。あなたがいた『せい』ではなく、あなたがいて『くれた』から、ですよ。中田さん。私は日本語の、こういう言い回しが大好きです」

「…………」

「中田さん、いろいろなことをたくさん、勉強してください。あなたがどんな人になるのか、リチャード同様、私も楽しみにしているんです。私は誰かにものを教える仕事ではなく、伝える職務に従事していますが、これら二つの行為は本質的にはそれほど変わりません。言葉というのは、私たちが共通して心を寄せている道具です。何故なら言葉があればこそ、私たちは世界中に、心を伝えてゆくことができるから」

心を伝える。今、デボラさんが、俺にしてくれているように。

なんだか、それは。

「……生きている限り、みんながやらなくちゃいけない、宿題みたいなものですね」

「宿題？」

「宿題……課題、いや……諦めないことそのもの、みたいな」

誰かに自分の心を伝えるのを、諦めない。

誰かにとっての宝石を、石ではなく宝石だと理解するようつとめるように。

そうつとめ続けること。

俺がもにゃもにゃとそんなことを言うと、デボラさんは頷いてくれた。

「そうですね。生きている限りはみんな、そういう宿題を持っているのかもしれません。一人で生きてゆくには、この世界は広すぎますし、寂しすぎますから」

水遊びの音が静かになってきた。親子連れが三々五々引き上げてゆく。少しずつ風が冷たくなってきたのだ。

彼女は立ったままベンチに座ろうとはせず、俺の顔をじっと見つめてくれた。

「お会いできてよかったです。もしベルリンに来ることがあったら、街を案内しますよ」

「……リチャードと一緒に？」

「リチャードにベルリンを案内する必要はないでしょう。自分の面倒は自分でみられる人ですよ」

そう言いながら、彼女は悪戯っぽく笑った。元カレにちょっといじわるをする元カノ、という感じで、胃のあたりがキリキリした。リチャードと彼女が積み上げてきた歳月と、それを壊すに至ったきっかけと、その結果が、今のリチャードと俺の関係を形作っている。あの時の代々木公園の酔っ払いに菓子折りを贈りたいと思う気持ちに嘘がないように、俺は本心からリチャードに会えたことに感謝している。そのことが苦しい。

俺は立ち上がり、彼女に頭を下げた。

「ありがとうございます」

「何に対してのお礼ですか？」

「………リチャードっていう男に、出会ってくれたこと。それから彼を、恨まないでいてくれたことに」

「彼の名代みたいなことを言っていますね」

「すみません」

「ふふ。やっぱり日本の人の『すみません』は、ニュアンスが『ありがとう』にそっくり。気にしないでください。大丈夫ですよ。私も、あなたも、あの人も」

「…………そうでしょうか」

「間違いありません。だってそのリチャード・クレアモントではなく、リチャード・ラナシンハ・ドヴルピアンという人は、あなたのお話を聞く限り、とても生き生きとしていて、自由闊達で、豊かな心の持ち主で、何より楽しそうにしていますから。だから絶対に、大丈夫ですよ。もし大丈夫ではないように見えたとしたら、それは彼ではなく、あなたのほうに問題がある時かもしれませんね」

「……かもしれません」

「元気でいてください。リチャードのために。あと、私のためにも」

と。

最後にそう言って、彼女はベビーカーを押して、大きな庭を出て行った。

背の低い人だったんだなと、その時初めて気づいた。何故だろう、子どもを抱いていた時にだって、彼女は俺の隣に立っていたのに、とても大きな存在に思えた。

自分のために元気で。

元気でいてくれと。

社交辞令のようにも聞こえるが、その実とても重い言葉を受け取ってしまった。プロヴァンスでカトリーヌさんに言われたことを思い出す。一生美しいと言えと。そんなことは言われるまでもなく当たり前にできることだ。

だが、自分が元気でいることは、それ以上に難しい気がする。

この前だってヌワラエリヤで、俺は道を踏み外しかけたのだから。

俺はふらふらしながら、庭から博物館の中へと歩を進めた。せっかく博物館に来たのだから、少しは宝石の勉強をしていかないと「どこで何をしていたのですか」とリチャードに質問された時、答えに窮してしまう。俺は『ジュエリー』の案内板に従って、博物館の中を歩いた。エントランスホールの巨大なシャンデリアの下を、ロックバンドの衣装の展示はこっちだとはしゃぐ女の子たちが小走りに通り抜けてゆく。この博物館には何でもある。年代物の陶磁器のコレクションも、十九世紀の邸宅の再現も、有名なロッカーが舞台の上で壊したエレキギターも、王室の宝石も。

何もかもがある。

まるで人生のように。

生きている限りは何かが起こって、その全てを飲み込むことはできない。水道の蛇口をひねって出てくる水ではないのだ。起こること、起こること、一つひとつが俺の身の丈を超えていて、濁流にのって流されてゆくように、気づいたら飲み込みきれないうちに流れの終点に出ている。

少し疲れたかもしれない。

俺はふらふらとしながら、ジュエリー・ルームの入り口に立っていた。全体的に照明が暗く、監視カメラの気配がする。大英博物館の宝飾品展示室に踏み入った時に比べれば、体はずっと軽いので、体調不良ではないだろう。

出迎えてくれたのは、幾重にも渦巻きを描いて配置されたリングたちだった。

指輪。指輪。指輪。ここからご覧くださいというように、渦巻きの中央部にはダイヤモンドの指輪がセットされていて、そこから巨大な螺旋（らせん）を描くように、無数の指輪が配置されている。種類別ではなく、色別に。ダイヤモンド、カラーダイヤ、淡い色合いのアクアマリン、オパール、ムーンストーン、スター・サファイア、フローライト、タンザナイト、ブルーサファイア、ひすい、ペリドット、エメラルド、ガーネット、珊瑚（さんご）、カーネリアン、スター・ルビー、パパラチア・サファイア、スピネル、ルビー。ああ。ああ。

年代もセッティングもばらばら、石の大きさもばらばらの、共通点を探すほうが難しい石たちが描く渦巻きに、俺は魅入られてしまった。

これ、とってもきれいでしょう――と。

誰かに言われているような気がした。

そして現実に、俺の足元を、小さな女の子たちがわーっきれい、と言いながらぱたぱたと通り抜けていった。フランス語でおしゃべりしている。姉妹だろうか。二年前ならば、俺には彼女たちの言葉がわからなかった。

宝石は、きれいだ。

そして俺は、今の自分に、宝石をきれいだと思う心が残されていることに感謝した。本当に追い詰められてしまった時には、もう何もかもがわからなくなってしまうものだが、とろけるような輝きの中に、俺は優しさの影を見つけられた。その奥にある寂しさも。

石は、きれいだ。

そこにいるだけでいいと、そう思わせてくれる。

そこにいるだけで、自分には何がしかの意味があるのだと。

俺は博物館の中を歩いた。雰囲気は図書館のように静かで、薄暗くて、どこまで行っても本のかわりに宝石が並んでいる。

精緻な薔薇の花を形作る、ダイヤモンドのティアラ。

角笛型のバロック・パールとラピスラズリを組み合わせて船を造った、海のお守りだったというネックレス。

ルビー、エメラルド、サファイアを組み合わせたトランスフォーム・ジュエリーの腕輪。

アールヌーボーの旗手がデザインした、エナメルとムーンストーンの首飾り。

どれもただ並べてあるだけではなく、品物によっては観覧者の首や額にちょうど合う位置に展示されていて、ガラスケースの中に自分の顔を映すと、びっくりするようなジュエリーを身に着けている気分が味わえる。よく考えられているんだなと、俺はしみじみと歩いた。そして一つ一つの展示品のクオリティが、とんでもなく高い。王室にプレゼントされたものや、貴族の家々が友好の印にプレゼントしたものが主になっているというのだから当然かもしれないが、どれ一つとっても、そのあたりの宝石店のショーウィンドーの中では見られない品ばかりだ。一つ売り払うだけでも家が建ってしまう。

これを一つつくるために、どれほどの労力が費やされたことか。

だが俺はどこかで、その労力を費やした人たちを、羨ましいと感じていた。美しいものは滅びない。シャウルさんが言っていた。滅びないものの中に自分自身を注ぎ込めることは、ある意味での永遠の命のようなものではないか。

この、世界有数の、巨大な博物館の中で。

小さな姉妹が、あっちに宝石、こっちにも宝石とはしゃいでいる。その一つひとつに宿る、採掘者の、宝石商の、金細工師の、カッターの、石職人の、出資者の、贈り主の、贈られた人間の魂など、どこにも見えはしない。俺は霊能者ではないし、この世界の大部分の人もそうだろう。

にもかかわらず、宝石は美しい。

美しいものは、変わらず、そこにある。

誰かがこの世界から消えても。

一つの愛が終わったとしても。

そこにあるのだ。

歩いて、歩いて、俺はどこかでへたりこんだ。中央に背もたれのないベンチのある部屋で、気づいた時に山手線(やまのて)の中でうたたねをするような姿勢で居眠りをしていた。まずい。日本ではない国でこんなことをするのは、荷物をかっぱらってくださいと言うに等しいし、何より博物館の人に迷惑だ。

起きなければ、起きて戻らなければ——と、立ち上がった俺がよろめいた時。

誰かが後ろから、俺のズボンのベルトをひっぱり、引き留めてくれた。

「しっかりなさい」

日本語。よどみのない発音。

たおやかに流れる水のような、優しい声。どうして。

「……リチャード？　何でここに」

夢だろうか。いや現実だ。振り向くと、ベンチの反対側に腰かけたリチャードが、呆れたように会釈してくれた。

「いきなり立ち上がるからよろけるのです。しばらく座っていなさい」

「そういうことじゃなくて」

ヘンリーさんたちとの会合は、あの指輪の受け渡しの会はもういいのかと、俺が慌てて取り繕うと、リチャードは静かに微笑み、首を横に振った。

「ついさっき、完膚なきまでにふられたところですので、気心の知れた友達に慰めてもらおうかと」

　ぐうと胃がせりあがってくるような気がしたが、リチャードが呆れ顔をしているので、必死に抑えた。俺が取り乱してどうする。

「…………聞いてたのか」

「いいえ。デボラからメールをいただきました。『親切な妖精さんの導きで、Ｖ＆Ａ博物館で中田さんと会った。とてもいい人だった』と」

「……親切な妖精さん……」

「そのうち飲茶をごちそうしなければならないかもしれませんね」

　そこまでばれているのか。もう何かを隠そうとしても意味がないだろう。俺はため息をつきながら、喋った。

「なあ……リチャード」

「はい」

「……あのさ」

「何です」

「俺は……」

涙がこぼれそうになる。完全な自己憐憫だ。やめろ、と俺の理性は命じる。でも泣きたいんだと感情が訴えるので、一滴くらいならまあという許可が下りたのかもしれない。右目から一粒だけ、俺の頬に涙が滴った。

「俺は…………お前のこと、本当に大事にできているのかな」

「とは？」

「俺は……お前のためだったら、何でも頑張れると思ってたんだよ。実際、そういうふうにやってきたし、これからもそうしたいと思ってるしさ。でも」

でも、それは俺の自己満足の話で、俺の側からしか物事を眺めていないからで。

ひょっとしたら。

「本当に……俺がやってきたことは、正しかったのかな。俺は……ただ……自分の欲望をさ、身勝手に取り繕って、お前のため、お前のためって言うのが、うまくなっただけじゃないのかなあ。もしそうだったら俺は」

自分のことが許せなくなりそうだ。

デボラさんとやり直すことだけがリチャードの幸せとは思わない。それではオクタヴィアさんの考えと大差なくなってしまう。ハッピーエンドが見たいから、自分の思う適当なハッピーの形に、他人を押し込めようとしてしまう。無残だ。

だがそれも、明らかに、一つの幸せの形ではあったのだろう。

想像する。俺が代々木公園で、あの時リチャードを助けに入らなければ。日本なんて嫌な国だなと少しでもリチャードが思って、イギリスへの里心が募っていたら。そういうタイミングでジェフリーが慈悲の心を起こして、ダイヤモンドなんてどうでもいいと言ってクレアモント屋敷を本当に焼いていたら。全ての出来事が俺の想像もつかない方向に、いいほうへ、いいほうへと転がってゆくような未来が、この男にもし準備されていたのだとしたら。

それら全てを擲（なげう）たせてまで、俺はこの男の傍にいたいと願えるのだろうか。

可能性の話でしかない。過去をやり直す方法はない。

だがもし、そんなことがあったのだとしたらと俺は考える。

俺は一体、この男に、何をしてやれたというのだろう。

ただ――ただ、友達になれただけではないか。

俺はそれが死ぬほど嬉しい。だがそれが、この男の人生に何を与えてやれたのか。

俺の『正義』は、結局のところ、俺のための『正義』でしかないのではないか。

そういうことを言いながら、俺は最後のほうになると、少し笑い始めていた。笑うしかない。正義の味方の正義という名前は、ばあちゃんが、そしてひろみが、俺に託してくれた願いだ。だが悪いことをしたら報（むく）いがあるように、何かしたら結果がつきまとうのだ。それが俺の大切な相手にとって良いことなのか、悪いことなのかまではわからない。だが確かに、そこには決断が存在する。

何かを選ぶということは、何かを選ばないということだ。

そんな、高校生だって進路選択で理解せざるをえないようなことを、俺は今になって、何よりも深く突きつけられ、もう笑うしかなくなっている。

「リチャード……ごめんなんて言いたくない。でも俺は……どうしたらいいかわからない」

「二つ」

「え？」

振り向くと、リチャードの顔と、にゅっと伸びた二本の指があった。ピースサイン。もちろん違う。むしろ顔つきは剣呑だ。

「私には二つ、今のあなたの悩みに対する解決策があります。どちらも今ここでとれる方法です。一つ、いつものように言葉であなたに言い聞かせる方法。もう一つ、言葉以外であなたに言い聞かせる方法。どちらがよろしいですか。早いのは後者です」

リチャードは二本の指を引っ込めた。鼻の頭が俺の鼻に当たりそうである。青い瞳が近い。怒ってはいない。ただ俺を諫める時の色をしている。

「……よければ、ゆっくりコースで頼む。お前の声を聞くと安心するから」

リチャードは一瞬、俺の本気を疑うような、プレゼントを途中で引っ込められた子どものような、むっとした顔をしたが、まあいいでしょうとそっぽを向いて呟くと、もういっもの宝石商の顔をしていた。ありがたい。

「では、立ちなさい」

「……え？」

「『ゆっくりコース』をお望みなのでしょう。この部屋を見回してごらんなさい。私も付き合います」

言いながら、リチャードは俺に部屋の中を見回すように促した。

一拍おいて、俺は息をのんだ。

宝飾品の博物館の中の――ここは、心臓部とでも言うべきか。カメラの利用はご遠慮ください、というマークが部屋の入り口についている。これまでの部屋は撮影自由だったのに。おそらく防犯上の理由もあるのだろう。ここにあるジュエリーは、縁起でもないたとえだが、どんな泥棒でもふるいつきたくなってしまうような代物ばかりだった。

大粒と言うのもおこがましい、巨大なイエローダイヤモンドを中央にあしらったネックレス。

オパーリンと呼ばれるピンク色の石とダイヤモンドを組み合わせたセット・ジュエリー。

神さまが一つひとつ粒ぞろいにつくって託したような、大粒のペリドットが四十も連なったネックレス。

無数のターコイズがパヴェでセッティングされた、カーラーの花束のブローチ。

おいしそうなグミ・キャンディのようなカボションのルビーが連なる、マハラジャのネックレス。

蛇女の顔が彫り込まれた、巨大なアメシストのタリスマン。

俺はこんな、博物館の心臓部のような場所で、抑鬱的なうたたねをしていたのか。

何てこったという気持ちを脇に退け、俺はリチャードの解説に耳を澄ました。公共の場所だけあって、それほど大きな声でのガイドではないが、ほれぼれするような弁舌と知識はいつもの通りである。ため息をつきたくなるほど美しい、蘭の花のティアラと揃いの櫛は、高名なガラス工芸家によってデザインされ、万博に出品された品だという。オレンジ色の宝石はファイアオパール、ティアラのフレームは動物の角。ペリドットの首飾りに秘められた、イギリスとオランダの王室の結婚騒動の話、マハラジャの宝石を加工し、東西の美を融合させたフランスの宝石商の物語。

話を聞くごとに、俺には少し、わかったことがあった。

いかがです、と部屋を一回りしてくれたリチャードに、俺は力なく微笑みかけた。

「ありがとう。ここにいるだけで俺、どんどん宝石のことが好きになる」

「嬉しいお言葉をどうも」

「……お前、この部屋のジュエリーが、本当に好きなんだな」

「ええ。時々ロンドンに遊びに出てきた時には、足しげく通ったものですよ。常に同じ収蔵品が展示されているわけではありませんので、勉強のし甲斐もありましたが」

悪戯っぽく笑う顔が、少しあどけない。本当に、随分昔から、リチャードはこの博物館に通っていたのだろう。もちろんおばあさんのコレクションした宝石や、伯爵家の宝物も、身の回りにはたくさんあったのだろうが、こういう展示物にも心惹かれる少年を、俺は心から可愛く思った。

「こんなにたくさん教えてもらって、本当に申し訳ないんだけど」

「ええ」

「聞いている間、ずっとお前のことを考えてた」

左様でございますか、と告げるリチャードの声には、嫌味も驚きもなかった。だと思っていた、とでも言わんばかりの包容力に、俺はもう少し甘えることにした。

「……お前は、俺の知ってる限り、世界で一番きれいな人間で、もうそれは永遠に変わらないんじゃないかと俺は思うんだけど」

「はあ」

「最近変なんだ」

「変とは？」

「…………目を閉じている時にも、お前はきれいだなって思うんだよ」

今度こそ、リチャードが少しだけ首をかしげる。奇妙なことを言っている自覚はある。

だがこの状態を、他にどういうふうに説明すればいいのかわからないのだ。

「もちろん、もし目が見えなくなったら、俺は宝石の鑑定も鑑別もできなくなるだろうし、カラット数だってわからないし、カラーチェンジなんかもちろん理解できなくなるよ。でも、お前の美しさだけは……それでもはっきり見える気がするんだ。わかる、って言えばいいのかな。目を開けていても閉じていても、とにかくお前がきれいなことは変わらないんだ。今日も、明日も、あさっても」

「十年経っても、百年経ってもということですか」

「うん……そうだな。そうだよ」

俺が頷くと、リチャードは微かに笑った。百年経ったら死んでいるぞと言いたいのかもしれない。でもひょっとしたら、この部屋に展示されている宝石たちのように、何かが残っているかもしれないではないか。それはきっと、きれいだ。俺が知っている他のどんなものよりも。ただ、それを「きれいだ」と思う俺は、この世から消え去っているかもしれないけれど。

「では、あなたには、私とは違う『目』があるのかもしれません」

「……目?」

ええ、とリチャードは頷いた。

「以前私は、あなたが私を褒めることができるのは、私とあなたを完全に異なる存在として認識しているからだと申し上げました。あれ以降、あなたという人間は、心身ともに英気を養い、以前よりもたくましく成長したようにお見受けします。実を言うと私は、こうなるとあなたは私のことを褒めなくなるのではないかと思っていたのですが」

「ああっ、そんな期待があったのか、ごめん、本当にごめん、俺は」

「最後まで聞け」

　はいと俺は居住まいを正した。それにしても、敬語を使わない時のリチャードがやる気のない声を出しているなんて、非常に珍しい。ヴィンスさんのローテンションでもうつったのだろうか。

「あなたは相変わらず、私を『美しい』と言う。もはやこれを誉め言葉と認識するほうが野暮なのではないかと、最近私は考えています」

「………………お、おう」

「つまり、あなたにとって私は、美しい」

　俺、自分、と指さすリチャードの指は、魔法使いが魔法をかけているように、優雅に、たおやかに動いた。その美しさに俺はみとれる。リチャードは見越していたように、にこりと笑い、小首をかしげた。

「おそらくですが、これは私にとってあなたが尊いのと同じように、『ずっとそういうものである』、ただの状態を述べる言葉なのかもしれません」

言われてみれば、それは確かに。俺にとってリチャードは美しい。美しいといえばリチャードだ。目を閉じていても美しいのだとしたら、もうそれは『観測の結果』というよりも『ただの状態』であるというほうが正確な――

正確な――いや、ちょっと待て。

今何か、他にもとても大事なことを、さらりと言われたような気がする。

俺が。

尊いと。

この男は言ってくれたのか。

「そ…………れは、どういう」

「どういうと言われましても、私はイギリス人で、日本の言葉の詳しい意味合いには疎いのです。『尊い』とは、どのような意味ですか？　中田正義さん」

それは。

尊い。英語に直訳するとプレシャスになるだろう。尊い石のことなので、辞書的にはダイヤモンドやルビー、サファイアなど、代表的なジェムストーンのことをプレシャス・ストーンと呼んだりする。ちなみに半貴石はセミ・プレシャス・ストーン。そんなことはいい。そんなことは今は関係ない。

尊いとは、つまり。

ありがたいことに、『とても大事』という意味だ。

俺がさっきべえべえと泣き言のようにこぼした、俺があの時ああしなかったらリチャードにはもっといい選択肢が存在したかもしれないそれが悔しいという戯言を受け止めて、そんなことはないと伝えてくれる言葉だ。

美貌の宝石商は、ふんと軽くはなを鳴らし、魔法の言葉を続けた。

「そして、あなたはまた、物事を半分しか見ていない。私の側から物事を眺めていない。あなたが私の選択肢を奪ったというのならば、私もあなたの選択肢を奪っているのです。それも、膨大に、四年間も、あなたという人間の生き方や考え方を、私の色に染めようとしている。そして私は、あなたの側から見れば『きわめて悪辣なことに』とでも申し上げるべきかもしれませんが、それを全く、悔やんでいないのです。あなたという人間の資源を収奪したことを、これっぽっちも間違っていたとは思っていないのですよ。あなたと知り合ったことから始まり、あなたと過ごした時間を経て、あなたとの間に深い交流を持てたことも、あなたの親しい人々にお見知りおきいただけたことも、全て私には嬉しく、尊い。それをなかったことにしろと言われたら、ふざけるなと言い返すしかない、私の宝物ばかりです」

「…………」

「正義、わかっていますか。あなたは私の一部だ。私があなたの一部であるように」

あなたは私の一部だと。

リチャードは繰り返してくれた。耳の奥で声がこだまする。俺は今、座っているのか。立っているのか。地球にいるのか。宇宙にいるのか。俺はどこだ。俺は何だ。俺は。

俺はこの男の一部だと、言ってもらえたのか。

この、世界で一番美しい生き物に。

はたはたと涙を零す俺に呆れたように、リチャードは俺の頬をさっさと撫でて涙をはらいおとすと、少しだけ顎を上げて、また言葉を続けた。

「加えて、蛇足なことを申し上げるのであれば……私はどうやら、あなたに容姿を褒められるのが、それほど嫌いではないようです。それと同時に、不可思議なことではありますが、自分の顔を鏡で見ることも、あまり苦手ではなくなりました。あなたの間の抜けた声が、どこからか聞こえてくるような気がするせいでしょうか。おかしなものです。以前であれば、自分は美しくなどないと鏡に言い聞かせていたというのに」

「それは……ありえないだろ。西から太陽が昇りますって口にしても、太陽は東から昇るよ」

「ええ。ですから、よかったと思っています」

あなたがいてくださって、とリチャードは付け加えてくれた。

よかった。ほっとする。涙もとまった。

俺の選択が間違っていたのか、そうでもなかったのか、それはわからない。解釈の問題だ。だが俺がその解釈に、自分自身で迷っていたこの瞬間、リチャードが『俺に会えてよかった』と、そう言ってくれたことが嬉しい。

俺を尊いと、そう言ってくれたことが嬉しい。

俺を自分の一部だと、そう言ってくれるほどに、喜んでくれることが嬉しい。

何故ならそれは、徹頭徹尾、完全に、俺だって同じ思いなのだから。

「…………ありがとう」

「長くなりましたが、ご理解いただけましたか」

「……はい。わかりました」

「それはよろしゅうございました」

リチャード先生はにこりと笑い、ではそろそろ行きましょうかと俺を促した。特に誰が待っているというわけでもないだろうに何故、と問うと、お腹(なか)が減ったと言う。笑いそうになってしまった。そうだ。この博物館には、世界で一番古くて、世界で一番美しいと評判の素晴らしいカフェが併設されていて、そこではお茶もケーキも食べられるのだ。ちょっとくたびれた時のリチャードが欲しがるものなどわかりきっている。

カフェに入ったらきっと驚く、あなたも好きだと思いますと、リチャードは俺を先導して歩いてくれた。本当にここは、この男のお気に入りの博物館らしい。

「あのさ」

「何か」

俺はさっきから、少し気になっていたことを尋ねた。確認程度のことではあるのだが。

「さっき、もし俺が『短いコースでお願いします』って言っていたら」

「ビンタする予定でした」

「だよなあ……」

右手がもぞもぞしていたので、嫌な予感はしていたのだ。目を覚ませ中田正義と、一発強烈なやつが決まるのだろうと。仮にも宝石の展示室である。暴力事件と思われて警報装置が鳴ったら堪ったものではない。あの場面で俺が選べたのは実質一択だった。リチャードの大好きな場所に邪魔な思い出をくっつけてしまうことにならなくて本当によかったと、俺は少し安堵した。そして同時に、心配になった。

邪魔な思い出をくっつけてしまうことに、ならないだろうか。

今から俺がしようとしていることは。

ままよ、『尊い』と言ってくれた言葉を信じるだけだ。今を逃したらこれもまたチャンスはないだろう。

「……リチャード、ちょっと」

心臓部の展示室を抜け、また新たな展示が始まったところで、俺はリチャードを引き留めた。美貌の男が振り向く。それだけで目がくらみそうになる。

「何です」

「ちょっとだけ、手を貸してくれ」

「何故です」

「ちょっとでいいから」

「ですから何を手伝えと？」

「比喩じゃなくて！」

まどろっこしい。俺はリチャードの手を摑んだ。手首ではなく、手を。

そして俺は跪き、唇を押しつけた。

右手の小指の上、ヘンリーさんのシグネットリングがはまっていたのと、同じ場所に。

「……ばんざい宝石商。元気でやってくれ。楽しくやってくれ。それが俺の望みだ」

角を曲がってきた人たちが、俺たちに気づいてオウと呻き回れ右するのが見えた。申し訳ない。本当に申し訳ない。通路に大の男の足が伸びていたら不審だし、道が通りにくくなるのは当たり前だ。迂回して目的地に行ければいいのだが。

キス一つくらいならば許してもらえるかもしれないが、あまり長い間手を握り続けても失礼だ。笑ってごまかしながら俺が立ち上がり、膝をはたくと、リチャードは少し拗ねたような顔をしていた。

「ごめんごめん。でも、さっきのを見たら、どうしても俺もやりたくて」

「……それではまるで、別れの言葉のようです」

「冗談じゃない。『これからもよろしくお願いします』の意味だよ」

「それは、まあ、わかっておりますが」

「あー、ずっとお前の傍にいさせてもらえたら、俺嬉しいだろうなあ」

「離れるつもりなのですか？　不可能です。私が追いかけてゆきますので」

「いや、どっちかっていうとそれは俺のほうだろ、成田・ロンドン間を往復した中田正義に怖いものはないって」

その後。

自分が何を言いかけていたのか。

俺は全く覚えていない。ただ、喋れなくなった。

リチャードの唇が、何かを吸っていたから。

何か。考えるまでもない。

俺の手の指だ。

小指の付け根を、肉の二枚貝が挟んでいる。

ややあってから、俺が呻くと、リチャードは少し得意げな顔をした。

「では、行きましょうか」

「…………は……い」

「ケーキが楽しみです。何でも期間限定のレインボーケーキなるものが存在するとか」

「レインボー、いいなあ。その、ロイヤルミルクティーは？」

「ないようですので、水とケーキを」

「水か。水はいいよな」

「ええ」

「命の源だし」

「はい」

「おいしいし……」

「そうですね」

　ロボットが二体ぎくしゃくしながら歩いているようだった。今のは何だったんだと尋ねたいが、そんなのはただのお返しだとわかりきっている。尋ねるまでもない。だがそれをリチャードが俺にしてくれた理由は気になる。いやそれも考えるまでもない。元気で楽しくやってほしい、そしてこれからもよろしくしてほしいと、そういう意味だろう。そういう意味のキスだった。俺が犬だったら、もう全力で庭に駆けだして転がりまわっているだろうが、あいにく俺はタローでもジローでもなくセイギなのでそれもかなわない。俺はジローのことを考えて現実逃避をした。ジロー。最近ずっとお隣さんに預けているが、きちんと食べているだろうか。ちゃんと眠れているだろうか。寂しそうな声でほえていないだろうか。さっきのキスは何だったんだ。いけない、全然現実逃避にならない。

　永遠に終わらない迷宮のような美の博物館を、何故か二人で無言のまま歩き回り、ようやく外へと続く階段を見つけたところで、着信音が聞こえた。

　リチャードの携帯電話だ。

　ジェフリーかヘンリーさんだろうか。いきなりいなくなったことを心配しているのかもしれない。そうしたら俺からも謝らなければならないだろうと、そう思っていると、リチャードが見るからに驚いた顔をした。

「どうした」

「真夜(まや)です」

　えっ。真夜って、あの、まあさんか。思い出すこと自体が少し懐かしい。

　一体なぜ、今。

　ともかくリチャードは電話に応対した。はあーい、という軽やかで食えない声が、微小な音量で俺の耳にも届く。

『元気にしとる？　うちのこと、おぼえてはる？　京都の敏腕ジュエリーデザイナー、浜田(はまだ)真夜よ』

「もちろん覚えておりますよ、真夜。一体どうしました」

『あのねえ』

ちょっと大きめのパーティをするんやけど、と。

それから彼女が話してくれた内容は、俺たち二人の想像を超えていた。


スリランカのキャンディが、年に一番華やかになるのは、八月のペラヘラというお祭りの時だ。前回のお祭りの際は、俺はプロヴァンスに旅立っていて参加できなかったのだが、シャウルさんに映像を見せてもらった。着飾った象が、象使いとともに練り歩き、御神体であるお釈迦(しゃか)さまの歯をのせた輿(こし)が街をゆく。鮮やかな色彩と、打ち鳴らされる打楽器の雷鳴のような音の、賑やかで楽しいお祭りである。

さて季節は十月、そろそろスリランカは雨季に差し掛かってもおかしくないシーズンではあるのだが、ありがたくも晴れ渡った麗(うるわ)しい快晴の日。

ここ、スリランカのキャンディ、シャウル翁所有の俺の宿泊先は、ペラヘラの日のようなお祭り騒ぎだった。

「ヤーパーさん、すみません、そこのビリヤニを庭までお願いします」
「クマーラさん、いつもありがとうございます、少し休んでください」
「ラシーンさん、ジンジャービアのパックを裏口からもうひと箱！」

パーティ。

それも庭をまるごと使った、ガーデン・パーティである。

庭の中にパラソルを三本立てて、テーブルをセットして、音楽をかけて、それでも万が一雨が降った時のためにテーブルの上にテントをはって、数日かけて作った料理をサーブして。俺一人では手が足りない。実際いつも来てくれるクマーラさんの他にも、ご近所さんにお金を払って、臨時の助っ人をしてもらっている。

それもこれも、まあさんの突然のニュースのせいだ。

「主席デザイナーって……」
「大抜擢よお。ふふふ。もちろんコンペの成果やけど」
「しかし、あのガルガンチュワにそのようなことが……」

思い出すのも忌まわしい豪華客船での一件のあと、世界的な宝飾品ブランド『ガルガンチュワ』が、セクハラ隠蔽会社であることが判明し、集団リストラがあったところまでは俺も知っていた。外部チェック機関の導入が予定されているというニュースも右から左だったが何となく聞いたように思う。ともかくあんなブランドのことはさっさと忘れるに限ると。

そう思っていたのだが。

まさかデザイナーまで一新するとは。

「まあ、ブランドの根幹になるハイジュエリーは、今まで通り有名なデザイナーにお金をはらってデザインしてもろて、それをフラッグシップモデルにゆうやり方で通すみたいやけど、それって大看板に掲示される一部作品の話でね、『その他』の、まあスーパーでいうなら牛乳やらお砂糖やらお醤油やら、そういう日常的な商品をデザインするデザイナーが、ぎょうさん必要になったんよ。何しろ再就職先が見つかりそうな人たちは、みんな辞めてもうたからね」

スーパーでいうところの日常食品とは、つまり主力商品だ。ダーティなイメージこそついたものの、うまくすればそれを振り払って輝かしく誕生する『新生ガルガンチュワ』に、確固たる地位を築くことができる。

そんなわけで大チャンスのコンペが開催されたという。デザイン画応募方式。ネックレス、ブレスレット、リングの三種。業績、プロアマ問わず。

そしてまあさんは、勝った。

勝ってしまった。

ここ一番に勝負強い女やからねえ、という軽やかな声を、V&Aの華麗なカフェの中で、俺とリチャードはただあっけにとられながら聞いていた。お腹を減らしたリチャードが、あれほど長くテーブルの上のケーキを放置して会話に没頭していたのは、俺の知る限りはあの一度だけである。

だからパーティをしたいんやけど、という申し出に、俺とリチャードは再び、ぽかんとすることになった。パーティって。いつ、どこで、どんなふうに、誰が。『誰が』だけはすぐにわかった。それこそが彼女がリチャードに電話をかけてきた理由だったからだ。

俺たちが。まあさんを祝して。修行時代の彼女にも縁があるという、シャウルさんのキャンディの家で。

自分のためにパーティをしてくれ、そして招いてくれ、と依頼されることなど、前代未聞である。バースデーパーティを外注するようなものだ。ハリウッドの大物セレブのような人ならばまだありうるだろう。しかし俺とまあさんが顔を合わせたのは一回こっきりである。彼女がデザインしてくれたタンザナイトのカフスは、俺のお守り明神のようなポジションになっているので、彼女が思っている以上に、俺は彼女に恩に着ているのだが。

案外、そういう気持ちの部分も、鋭い彼女には筒抜けになっていたのかもしれない。

まあ、あかんの、あかんって言うの、まあー、まあー、そんなわけあらへんやろう？

というたおやかな声に、気づいた時には俺もリチャードも乗せられていて、大ニュースの煙(けむ)に巻かれて気づけばキャンディの家でパーティをすることになっていた。信じがたい。

なんてこった。

とはいえ、ただ乗せられてばかりというわけでもなく。

開き直るにあたっては、『ちょうどいいかもしれませんね』というリチャードの言葉が、背中を押してくれたのだ。

「ちょっとイギー。この家のお皿ってどこにあるの」

「ヨアキムさん、小さいのはダイニングの棚で、大きい素焼きの皿は裏手の小屋の棚です。申し訳ないんですが適当に配ってもらえると大助かりです」

「アイアイ、キャプテン」

きらきら輝くスパンコールのハイヒールで、土の庭をぶすぶすと突き刺しながら、ヨアキムさんが家の中へ消えていった。ジェフリーは最初から開き直って飲んだくれているが、ジンジャービアである。飲んでも飲んでも酔えないはずなのだが、気分的に酔っているのか、寝椅子の上から退(しりぞ)こうとしない。そこにジローがじゃれついて、あなたほんとうはいいひとですよねあそんでくれますよねあそんであそんでと前足でひっかいている。そのうち遊んでもらえますようにと念じながら、俺はサロンの裾をさばいてヨアキムさんの助けに入った。

ダイニングの中では、もうもうと粉が舞っていた。

「マリアンさん、いいんですよそんな」

「そうはいかないわよ。お祝いのお祭りなのに饅頭がないなんて寂しいわ。蒸し器を借りますね。もうおみくじは入れてあるの。干焼蝦仁はできてるわよ。それからあっちのお皿には油淋鶏が盛ってあるから」

「どこで海老や鶏を買ってきたんですか……？」

「スリーウィラーを借りてダウンタウンまで行ってきたわ。あれ私の大叔父が乗っていたのと同じタイプよ。あ、心配しないで、ちゃんと鍵を使ったから。中田さんはヴィンスを探してるのね？　饅頭を全部つつんでくれたあと、誰かに呼ばれていったみたいだったわ」

　ふふふと笑う快活な女性は、アメリカからやってきたマリアン梁さんである。俺の蓮の花のエプロンがとてもよく似合っている。ただ楽しみに来てください、料理も掃除もしなくていいですと、俺は彼女に四十回くらい言った気がするのだが、気づいた時にはダイニングルームからは中華料理店のようないいにおいが漂っていた。こんな人が家で待っていたら、ダイエットは絶望的だろう。俺はヴィンスさんの幸せ太りを祈った。

『ちょうどいい』とはつまり、豪華客船の件から始まった一連の事件に区切りがついただろうということで。

　慰労会および感謝会をしてもいいだろうと、リチャードは言ってくれたのだ。

　一人だけが主賓として君臨するパーティより、そのほうがきっと楽しいだろう、真夜自身も、という言葉がどこまで真実かはさておき、俺も賑やかなほうがいいとは思った。おつかれさまとありがとうございますの会ならば、願ってもない。招きたい人たちがたくさんいるから。

一応の主賓のまあさんに、ヴィンスさんとマリアンさんはもちろん、ヘンリーさんとジェフリー、可能であればヨアキムさん、俺のボスことシャウルさん、スリランカでの俺と家の面倒をいつも見てくれるクマーラさん、それから。

「セイギ、セイギ！　このお料理とてもおいしいわ。これもあなたが作ったの？」

「そうですね、これはワタラッパンっていう、プディングみたいな食べ物で」

「まあなんてこと。いけないわ。こんなところに住んでいたら私のリチャードがどんどん太ってしまうわよ。なんてこと。なんてことかしら」

なんてことを連発しつつ、ボウルにいっぱいのワタラッパンを黙々とスプーンですくって口に運ぶのは、ハリウッド女優よりもまばゆく、ブランドのハウスマヌカンより気品あふれるカトリーヌさんである。赤いプリントのワンピースが熱帯の花のように艶（あで）やかだ。ダメ元で声をかけてみたところ二つ返事で、パーティがあるなら私がいなければ始まらないわねと、航空券の日程を尋ねるところまで一直線だった。万が一の事態を案じて、お金はお支払いできないのですがと俺が言うと、ばかねと笑われたのでほっとした。庭を囲う白い柵の向こうから、近所の人が遠巻きに彼女を観察し、何とも幸せそうな顔でにこにこ眺めているのだが、カトリーヌさんがウインクをしたり微笑んだりすると、みんなわっと逃げてしまうのがなんとも可愛い。確かにこのあたりではあまり見ないタイプの女性だろう。

「そういえばセイギ、リチャードはどこへ行ったの？」

「そのあたりにいませんか。休憩してるのかな」

「見かけたらお話ししましょうって言っておいて。あなたとのことをたくさん聞きたいわ。あれからどう？」

「そうですね、いろいろ……ありましたね」

「それはそうよ。だって生きているんだもの」

相変わらずの、鈴を転がすような声。またすぐに来てね、と笑う彼女に丁寧に手を振って、俺は庭の奥へと向かった。これだけ賑やかにしているのだからないとは思うが、裏手に森が広がっているので、キッチン小屋のすぐ脇にヤマアラシの家族がのそのそお見えになることがあるのだ。棘が鋭いので、不慣れなゲストには少し危険である。ヨアキムさんは叫ぶかもしれない。

たむろしていたら追い払いにゆくつもりで、家壁に立てかけておいたホウキを持って、裏のキッチン小屋に向かうと。

話し声が聞こえてきた。

片方は耳を澄まさなくてもわかる。リチャード。

もう片方は――こちらも、察するまでもないか。

ヴィンスさん。

あまり人が来ない場所で、二人は話し込んでいた。二人の背中だけが俺の角度からは見える。不覚にも、俺は豪華客船での最初の夜を思い出した。リチャードがヴィンスさんに、俺を守ってくれるようにと頼んでくれた時。あの時にはヴィンスさんがどんな人なのかわからず、リチャードに危害を加える人間だったらどうしようかとばかり考えていたが、何のことはない。二人は俺の心配をしてくれていたのだ。

今回の話は、そうでもなさそうだったけれど。

世間話、近況報告、あるいは他の何かが、俺の耳には少しだけ聞こえた。ヤマアラシの気配はなさそうだったので、俺はホウキを元あった場所に戻した。キッチンに寄り道してからもう一度裏手に戻ってみると、もうヴィンスさんの姿はなかった。

「おや」

俺に気づいたリチャードに、俺は右手のカップを掲げてみせた。

「ロイヤルミルクティー、お持ちいたしました」

「これはどうも、ご丁寧に」

左手に携(たずさ)えてきたカップはヴィンスさん用だったが、いないのであれば仕方ない。俺が飲もう。

盗み聞きはしていないと思う、ただ見かけたのでお茶を持ってきただけだと、言い訳がましく俺が弁解すると、リチャードは少し笑った。わかっています、か、別に聞かれて困るようなことは話していない、か。どっちだろう。

「……話せた？」

「ええ」

よかった。

この二人の間に存在するわだかまりの大きさと深さからして、『仲直り』なんて言葉は相応しくないかもしれない。しかしリチャードとジェフリーのこともある。

もし、互いに話せるのなら。

そういうコミュニケーションがあれば。

すぐではなくても、そのうち、何か変わるかもしれない。

ヴィンスさんは、マリアンさんと一緒にここにやってきてくれたはずなのに、気づいた時にはどこかに消えてしまっていた。

ごたごたが片づいたあとも、彼はしばらくマリアンさんのいる家には戻ってこなかったという。ただ一カ月ほど経ってから、俺の端末に彼女から感謝のメールが届いたので、どこかのタイミングで観念したのだろう。

思い返してみれば、ここスリランカにやってきて以来。

いろいろなことがあった。俺にも、俺の周りでも、世界でも。

それでもまるで、何もなかったように、日々は過ぎてゆく。

不思議だ。もう二十代も半ばに差し掛かった今になってやっと、少しだけ『生きること』に慣れてきた気がする。

そのきっかけになってくれたのは、間違いなく、今俺の隣で一緒にロイヤルミルクティーを飲んでくれている相手だ。

ありがとうなと言い出す前に、リチャードが制した。

「正義、あなたへの贈り物です」

「ヴィンスさんから？」

いいえ、とリチャードは言う。そして懐から、大きめの包みを取り出した。これを懐にしまっておくのは骨だったことだろう。大判の白いハンカチ包みから、出てきたのは三つだった。水色の花柄の紙で包まれたB5大の四角いプレゼントの包み。同じ紙の小さな包み。こちらは手のひら大だ。最後に白い封筒。手紙だろうか。

「……これ」

「オクタヴィアからあなたへ」

ああ。

今回のパーティには一応彼女にも招待状を送った。ヴィンスさん経由である。保留という返事のまま当日になってしまったがおおよそ予想していた通りだ。人との交流をほとんど持たない期間が長かった直後、いきなり大人数の人間がわいわいやっているところに出てくるのは相当の難事のはずだ。葬儀ではなく、そのあとの指輪の受け渡し式に彼女を招いたヘンリーさんの判断は、確かに正しかったのだろう。

俺はリチャードに促されるまま、まずは大きな包みを破ってみた。

分厚い、巨大な台帳。二人の女性のサイン。

俺がヘンリーさんに見せてもらったのと同じ、伯爵夫人レアが、オクタヴィアさんのおばあさんを副管財人にして管理していたという、真贋けしからぬジュエリーたちの記録台帳だ。

「あなたが保管していても構いませんよ。今になっては、あまり意味のないものです」

いやいや。百年近く前の代物であるとしても、個人情報の塊だろう。イギリスの貴族というのは連綿と歴史を紡いできた人たちでもある。今現在の彼らにも関わることが書かれているはずだ。執事室の人々が大いに心配していた税務調査だが、クレアモント家の伯爵兄弟が心身をすり減らしながら奮戦した結果、インチキジュエリーの件は『今回は不問に付す』という裁定が下ったらしい。次にまたこういう帳簿が見つかった時には容赦しないぞということである。温情判決には、執事室の奮闘も加味されてのことだというので、やはり彼らの心配も、ある意味では正しかったのだろう。

考えすぎた俺の顔は、どうやらひどいものだったらしい。よければ預かってくれないかと託すと、リチャードは笑いながら胸に手を添えて受け取ってくれた。ありがたい。きっとこの台帳は、あるべきところへゆくのだろう。

俺がそんなことを言うと、リチャードはふと、不思議な顔をした。

「……ん？　どうした」

「いえ、奇妙なこともあるものだと」

「どういうことだ」

「……『あるべきところへゆく』という言葉は、私の祖母が、私に教えてくれた言葉でしたので。『あるべきところへ還ってゆく』のだと」

あるべきところ。

それは、物に？　それとも、人に？　俺が尋ねると、リチャードは首をかしげた。珍しいリアクションである。両方、ということだろうか。何だかそれは、定められた運命からは逃げられないと言っているようにも聞こえる。しかし、俺の聞いた範囲でも、伯爵夫人レアンドラことレアさんは破天荒な人生を送った女性である。恋愛の末にスリランカからイギリスに渡り、夫を守り、子どもたちを育んだ。

それが彼女自身の『あるべきところ』だと、彼女は思っていたのだろうか。だとしたら壮絶な精神力の持ち主だ。俺のばあちゃんにも匹敵するだろう。

お互いすごいばあちゃんを持ったなと、俺が冗談めかすと、リチャードは相変わらず、麗しい表情のどこかに影を残したまま、そうですねと気のない相槌（あいづち）を打ってくれた。

俺は少しリチャードを気にしながら、二つ目の包みを開けた。

中身は、脱脂綿に包まれた琥珀。

彼女がずっと、首につけていた、あの大粒の琥珀だ。これは。

「祖母の台帳を確認しましたが、こちらの品は本物の琥珀のようです。ですがレアが託したものであることも事実。執事室は可能な範囲で、こちらも回収したがっていた様子です。ですがヴィンスが言うには、『中田さんに渡せばわかるから』と。どういうことかわかりますか？」

「ああ」

ちゃんと『段取り』は覚えている。俺は黄金色に輝く宝石を握りしめた。金地金で周囲を囲まれた琥珀は、表面を研磨されて美しいカボションになっている。中に見える空気のつぶは、品がルビーやサファイアであったら偽物（にせもの）の証だが、琥珀の場合はそうでもない。樹液が流れて、かたまるまでの過程で、空気が混じり込んでしまったのだ。

琥珀。ギリシア語ではエレクトロンだが、琥珀という文字は中国で生まれた。『琥』の字は寝そべった虎（とら）を、『珀』の字はこの宝石を意味するのだという。寝そべった虎のように見える宝石という意味だ。とろりとした色合いと、愛嬌（あいきょう）のある凹凸（おうとつ）に、ギリシアの人は雷電を想像し、中原（ちゅうげん）の人は虎を想像した。その振れ幅の違いを、俺は尊いと思うし、いいなあとしみじみする。同じものを見たって、どう感じるかは人それぞれだよねと、宝石に言われているような気がするからかもしれない。

「ドミニカ共和国産出、蛍光（けいこう）性あり。カラット数を数えるのは無粋でしょう。樹液のかたまった、太古からの地球のタイムカプセルですね」

「安心してくれ。ほんの少し預かるだけだから」

「差し詰め彼女も、あなたを『安全な金庫』と思っているのでしょうね」

「中田信用金庫でございます、ってな。気をつけるよ」

少なくとも、彼女の大事なものを遺して、いなくなってしまうようなことにはならないように。

最後に残ったのは、白い封筒だ。指で開く。

中にはピンク色のメッセージカードが入ってた。中の文章は、ごく短い。

「『中田正義さんへ』」

体を大事にしてね、という意味の慣用句が、俺の名前とオクタヴィアさんのサインとの間に添えられていた。

テイク・ケアー・オブ・ユアセルフ。

ご自愛くださいなどとも翻訳される言葉だ。直訳すれば『自分の面倒をみてやって』。

中田信用金庫へますますのご清祥(せいしょう)をお祈りされた気分である。わかった。気をつける。

宛先が『正義の味方さんへ』ではなかったことに、俺は静かに感謝した。ヌワラエリヤで出会った時の彼女は、俺の属性や経歴は見てくれても、俺という人間は、あまり目に入っていなかったような気がしたから。そしてもう一つ、感謝したくなったのは、おそらく自分で自分の面倒を見る気がない人は、他人にもこんなメッセージを送らないだろうと思ったからだ。

よかった。

最低限の『よかった』かもしれないが、これは未来に繋がる『よかった』だ。

俺は笑いながら、メッセージカードを胸に押しあてた。あいにく今日の俺はジャケットを着ていないし、パンツ姿でもないので、早急に部屋に収納してこなければならないのが残念だ。

じゃあまたあとでとリチャードに言い置いて、レジデンスの部屋に急行し、今日の準備でめちゃくちゃになった部屋の『大事な物コーナー』に手紙と琥珀を置き、俺は急いで庭に戻った。午後二時。そろそろだろう。

庭を抜けて、スリーウィラーの場所を確認していると、俺はカクテルグラスを携えたまあさんに遭遇した。今日の彼女は目の覚めるようなブラックとパープルのドレス姿で、頭には巨大な日よけのついた黒い麦わら帽なんかかぶっているが、足元はブランドの黒いスニーカーだった。スリランカの道路事情をよくわかっている人の出で立ちである。それにしても何故この人は飲んでも飲んでも酔わないのか。

「まあー、このお屋敷のホストさん、どこへ行かはるの」

「そろそろもう一人、ゲストが来るはずなので」

「まあー。うちも会うたことある人？」

「会ったことは……いや、でも見たことはあるかな。一瞬だと思いますけど……」

「まあー」

「あの、ヘンリーさん、じゃなくて、クレアモント伯爵を見ませんでしたか？」

「伯爵ぅ？　あのとっぽいあんちゃんが伯爵さまやの？　それで独身？　まあー、さぞかし社交界が大荒れになるんやろうねえ」

どうだろう。ヘンリーさんはあれできっとしたたかだと思う。問題になりそうなことがあっても、彼が今まで体験してきたことに比べれば些事だろう。きっと乗りきれるのではないだろうか。それはさておき。

今日のお祝いには二つの理由がある。一つは、まあさんのガルガンチュワデザイナー就任。そしてもう一つは、ヘンリーさんの伯爵位継承である。タイミングがタイミングだけに、イギリスではわいわい祝うような雰囲気ではなかったが、スリランカならば別だろう。何をやったっていいはずだ。それにヘンリーさんたちも、堅苦しい手続きや行政上の書類の準備で、とても疲れていたというし。気分転換にでもなればいい。

そしてヘンリーさんが来てくれるとわかった時に。

俺はもう一人、ゲストの手配をし、成功した。

当日まで黙っておくという手もあったが、ジェフリーに相談したところ『ヘンリーは本当にびっくりすると部屋にこもってしまうからやめてあげて』とのことで、俺はやむなく数日前に、実はとヘンリーさんにもゲストのことを電話で伝えた。

スペインで修行している、俺の大学時代の友人が、スリランカまで来てくれるそうなんです——と。

もちろん下村晴良（しもむらはるよし）のことである。ヘンリーさんを『エンリーケ・ワビサビ』と認識して、一緒にセッションしているフラメンコギターの男で、今ではグラナダとマドリードを行き来しながら腕を磨いている。

ヘンリーさんはしばらく絶句していた。ひょっとして呼ばないほうがよかったですかと俺が慌てると、ノー、そんなことはない、とすかさず否定したが、そのあとが続かない。

どうしたというのだろう。

一分か二分、マンツーマンの電話口でやり過ごすには長すぎる時間が過ぎてから、ヘンリーさんは呟いた。

『……彼にはまだ、私の素性を明かしていない』

「はあ」

『…………ちょっとお金持ち、くらいに思っている』

「ええと」

『………………伯爵家の人間だということも、教えていない』

予想はしていた。しかしいざとなると困った話だ。

俺は少し考えた。俺が伝えたとしたらどうなるだろう。なあ下村、驚かないで聞いてほしいんだけどさ、俺が紹介したエンリーケ・ワビサビさんは、実は十代続いたイギリスの伯爵家の末裔で、ついこの間に伯爵の称号を継承したんだよ、だから今はれっきとした伯爵さまなんだ。間違いなく笑い飛ばされるだろう。またまた中田、そんなこと言っちゃって。それでその話のオチは何なんだ、と言われるかもしれない。

俺は断腸の思いで黙り込み、寡黙なヘンリーさんと沈黙を共有したあと、あのう、と気まずく切り出した。

それじゃあいっそのこと、スリランカのパーティで、下村晴良にそのことを伝えるというのはいかがでしょうか、と。

もうそれ以外、選択肢があるとは思えなかった。そもそもあいつは、ジェフリーの金融タレントとしてのSNSを知っているのである。そのジェフリーがいるだけでも驚くだろうに、それが自分の音楽仲間エンリーケさんの弟であると知ったらもっと驚くだろう。さらにそのあとに、彼らが俺の上司の観音さまことリチャードの兄貴分であることに直面し、しかも英国貴族のネタまでついてくる。びっくりのフルコースでお腹いっぱいだ。だったらもう、大事なことは先に伝えて、呑み込んでもらったほうがいい。それが心の安全のためだ。

それから先、電話口でどれほどの回数と時間の沈黙があったのかは割愛する。大体お互い黙り込んでいたような気がするが、結局一時間くらい経ってみると、やはりそれが一番いいだろうとヘンリーさんも納得していた。

そして今日である。

下村は今日の飛行機で到着し、タクシーでキャンディまでやってくるはずだ。準備に忙殺されていなければ俺が迎えに行きたかったがそれもかなわなかった。せめて家の正確な位置がわかるよう、宴会場こと俺のレジデンスの正確な地図は送っておいたので、タクシーが迷うことはないと思うが。

庭を見渡すと、ヘンリーさんがジェフリーの隣の寝椅子に横たわって、いもむしのように体を丸めている。胃が痛いらしい。食べすぎではなさそうだ。すーはーと深呼吸する背中を、ジェフリーがさすってやっている。祈るように組んだ指を額に当てているので、大丈夫ですかと俺が駆け寄ろうとした時。

エンジン音が近づいてきた。神経をとがらせていた俺とヘンリーさんは、揃ってびくりとしたあと、庭の出入り口へと駆けだした。

急な坂道を、水色のタクシーがえっちらおっちら上ってくる。後部座席にはアジア人の顔が覗く。間違いない。

「下村！　下村！」

両腕で大きく手を振って、タクシーの運転手に合図する。わかってるよ、というようにヘッドライトが点滅し、水色のタクシーはあっという間に庭の前に横付けされた。扉が開く。

後部座席から飛び出してきた下村は、腕を広げて俺をハグしてくれた。

「正義、久しぶり！　ところで俺の名前は？」

「……晴良！」

「今一瞬考え込んだだろう、こいつ」

「わかってるって！　まだ慣れないんだよ、ごめん。よく来てくれたなあ」

「南アジアに来るの、初めてだよ。学校のミャンマー人の友達にさんざん脅されてたけど、いいところだなあ！　さっき象が歩いててびっくりした」

「ああ、このあたりは山の中だから……」

俺が荷物を受け取った時、遠くから震える声が聞こえた。もう一度、同じ声が聞こえる。少しボリュームが上がった三度目になるまで、下村は声に気づかなかった。

「…………ハルヨシ、サン」

ヘンリーさん。

庭を背景に、両腕を広げるヘンリーさんに気づくと、下村はぱあっと顔中で笑って、腕を広げて突撃した。ハグだ。あの人の小指にリチャードとジェフリーが口づけしていたのだよなと思うと畏れおおい気分になるヘンリーさんに、仔犬がアタックするようなカジュアルなハグを。

「エンリーケ！　初めて本物に会えた！　嬉しいよ、元気ですか？　もうかりまっか？」

「私モトッテモ、嬉シイ、デス！　元気デス。ボチボチデンナァ」

「あははは！　覚えてた覚えてた！　わ、想像してたより背が高い」

笑う下村の隣で、俺は青くなって俯いた。今のやり取りをリチャードやジェフリーが聞いていなかったことを祈る。ヌワラエリヤで切った啖呵を、一体誰に習ったのか、想像する必要がなかったのが怖かった。全体的に俺の責任であることが明白だからだ。あの件について、リチャードがまだ俺に問いただしてこないのが一番怖い。

「ハルヨシ」

「なんだ」

「アナタニ、言ワナケレバナラナイコト、アリマス。英語デ、言イマス」

ヘンリーさんは覚悟の顔をしていた。下村もそれに気づいたらしく、パーティテーブルを目指していた足を止め、立ち止まった。

「……いいよ、何でも言ってくれよ」

何か大きなものを受け取ることを覚悟したように、下村は頷いた。ヘンリーさんはそれで、少しほっとしたようだった。

そしてヘンリー・クレアモント氏は、がらりと言葉の調子を切り替えた。まるで早変わりをする役者が、冴えないマントを脱ぎ捨てて、一張羅のタキシード姿になったように。

このたびはあなたにお会いできて非常に光栄です、このような席を設けてもらえたことがとても嬉しい。彼はお手本のようなブリティッシュ・イングリッシュで滔々と述べたあと、背筋を伸ばし、告げた。

「私の名は、ヘンリー・クレアモント。第十代クレアモント伯爵にして、父祖の土地を受け継ぐ騎士です。このほど父を亡くし、正式に私が爵位を受け継ぐ運びとなりました。長く身分を隠していたことを、心からお詫び申し上げます。あなたはとても若く、私にとって違う世界からやってきた人だったから、嫌われてしまうのが怖かった。気取ったいやなやつだと思われたくなかった。今思えば、私の恐れはあなたに対する侮辱だった。どうか許してください」

ヘンリーさんは少し、泣きそうな声になっていた。俺は手を合わせて祈るような気持ちになってしまった。ヌワラエリヤの彼は、威風堂々たる紳士だったのに、今の彼は以前から俺の知るヘンリーさんだ。両方あっての彼なのだろう。俺は少しほっとすると同時に、動向が怖くなった。

どう出る、下村。

俺のかつての学友は、しばらくぽかんとしたような顔でヘンリーさんを見ていたが、苦笑し、首を横に振った。

「何を言われるのかと思ったら。俺は、エンリーケを……ヘンリーさんを、嫌いになったりしないよ。気取ったいやなやつなんて、思ったこともないし、いつも俺に優しくしてくれて、すごく感謝してるんだ。許すって、何を許せって言うんだよ？　俺は何にも気にしてないよ。だからヘンリーさん、これからもよろしくお願いします。一緒に音楽しようぜ」

そして彼は、少し冗談めかして、ぺこりと頭を下げた。

俺は内心、泣きそうになっていた。ヘンリーさんはもう少しおおっぴらに泣きそうだった。

下村晴良。

この男の胆力(たんりょく)を、俺は見誤っていたかもしれない。そもそも彼は単身スペインにとんでフラメンコギターを究(きわ)めようとするような男なのだ。スペインにも貴族はいる。旧時代の産物である貴族階級の、ほぼほぼトップに位置する誰かが出てきたからといって、物おじする必要はない。そもそもそんな対応をするのは、失礼だ。

だって彼らは、音楽を通して交流してきたのだから。

音楽に身分はない。国境はない。言葉はない。余分なものは、何も。

真摯に奏でられる音を前に、障害物なんて、何もないのだ。

誰のものでなくとも輝く宝石のように。

俺は心底、下村とヘンリーさんを羨ましいと思った。そういえばリチャードもバイオリンを弾く。俺も何か楽器ができたらよかったのに。

ヘンリーさんはほっとした顔で、彼のハルヨシに家族を紹介しようと足取りも軽く歩いていった。下村も笑っている。よかった。本当によかった。

と、俺がさりげなく立ち去ろうとしたその時、すごい形相の下村が回れ右して突撃してきた。何だ。一体どうした。

「なあ正義、さっきのあれ、ざっとでいいから翻訳してくれ。最後のところしかわからなかった。最初のところなんかもう意味不明すぎてやばい。アール、アールって、あれどういう意味だ？　何か、綴りの話？　それとも面積の話だった？」

おお、下村よ。俺の感動を返せ。アールというのは英語で『伯爵』のことで——と俺が話しかけた時、アールのヘンリー氏が声高くハルヨシと呼んだ。調子のいい俺の元学友は、はーい今行くよとスペイン語で応じ、何食わぬ顔でついてゆく。

結局これは、もう一度ヘンリーさんに仕切り直してもらうしかなさそうだなと、俺はサロンの腰に手を当てて、庭の風景を見守った。

もともと病院としての運用を考えていたというだけあって、レジデンスには部屋が多い。カトリーヌさんはどうしてもホテルがいいという話だったので別だが、まあさんもヘンリーさんもジェフリーもヨアキムさんも、下村もヴィンスさんもマリアンさんも、グループによっては二人部屋だが、めいめい部屋が確保されている。ご近所の皆さんとクマーラさんには、たくさん心づけを渡して感謝しようと思っていたのだが、みんなに驚いた顔をされて辞退されてしまった。困った時はお互いさま、というより、パーティの手伝いをしてお金をもらうという発想がなかったらしい。申し訳ないほどありがたい。近いうちに気合の入ったビリヤニやサモサを作って丸ごとおすそ分けに行こう。

それにしても、楽しかった。

いつかまた、こういうパーティができたらいいのになと、最後の片づけを終えた俺が暗い庭を歩いていると、一階に引っ込めようとしていた寝椅子の上に、ジーンズの足が見えた。

こんな服の人はいたかなと、俺が無遠慮に覗き込むと、はあいという麗しい声がした。まあさん。

「なあに、驚いた顔しはって。着替えくらい持ってきとるに決まっとるやろ」

「そ、そうですね。すみません」

「まあそこにお座りになったら」

こういう時のまあさんに逆らってもいいことはない。懐かしい東京駅の新幹線口で学習済みだ。

隣に放置された寝椅子に腰を下ろすと、まあさんは訥々(とつとつ)と語り始めた。

「ちょっぴり身の上話をしても構わん？」

「……俺なんかでよければ、いくらでも」

「おおきに。うちにはね、お姉ちゃんがおったんやけど」

おった、と過去形で始まる話だった。

真夜さんのお姉さんの名前は真砂、まさごさんという人だったらしい。お姉さんは自分の名前のこともあって、幼い頃から石が好きで、まあさんがジュエリーデザイナーを志(こころざ)したきっかけも、お姉さんと遊んでほしかったからだという。姉妹で一緒にお店ができたらいいねという夢を語り合い、姉の結婚を見送った、その後。

「……交通事故でね。一瞬やったの。そんなこと起こるなんて、うちも誰も、思っとらんかった。お姉ちゃん本人かてそうやったやろ。何かの間違いやないのって今でも思うことがあるわ。寝る前に、朝になったらお姉ちゃんに連絡せんとって思って、そのあとにああもうおらんのやわって気がつくの。そのくらい一瞬で、人の命ってのうなってしまうんよ」

　言葉もない。突然の喪失の哀しみを、俺は知らない。ばあちゃんの死は悲しかったしつらかったが、入院という出来事があってからのことだったので、俺にはある意味、心の準備をする時間が与えられていた。真綿で首を絞められるような重苦しさも息苦しさも覚えてはいるが、あれが一瞬で訪れたら、どんなふうにつらいものなのだろう。想像するしかない。想像するだけでも、つらい。

　俺が辛気臭い顔をしていると気づいたまあさんは、軽やかな声で笑ってみせた。

「まあ、小姑面して姉さんの旦那にからめるのは、重宝しとるけど」

「そうなんですか」

「おたくも知ってはる人よ」

「……え？」

「シャウルのおんちゃん」

「…………えええっ！」

　驚愕というにもあまりある。いやいや、待て待て。頭の中を整理しよう。シャウルさんは既婚者だったか？　結婚歴はあったはずだ。香港でそういう話を聞いている。ただ佳人薄命(はくめい)で、彼女には先立たれたと――ああ。

　そういうことだったのか。

　俺が何も言えずにいると、まあさんは厳しい語調で声をかけてきた。

「中田はん。うちがあんたを正義はんって呼ばない理由はわかっとるね？」

「…………『名前で呼ぶと、懐くから』の法則ですか」

「それが『リチャードが嫌がるから』なら大正解やね」

　それですと俺が補足すると、まあさんはふくふくと笑った。幸せそうとは言えない。だが嘲笑(あざわら)うでもない。何かとても遠くにあるものを見つめながら、俺の顔に二重でピントを合わせて、赤い唇を動かしているように見えた。

「あんたはそれでええの？」

「……いや、俺は別に名前で呼んでもらっても」

「そういうことやのうて」

「…………」

　名前で呼ぶと懐くから、俺のことを正義とは呼ぶなと、最初にリチャードが言ったのはシャウルさんだろう。だがシャウルさんを経由してまあさんにもそれが伝わっている。リチャードがそうさせたのだろうか？　考えにくいが、ないと一概に否定もできない。

「……ずっと守ってもらってるようなもの、なんですよね。確かにつらくないわけじゃないですよ。俺も相当頑張ってるんですが、あいつがすごすぎて、すごすぎて」

「あかんわ。骨の髄まであかんわ」

「飲みすぎじゃないんですか」

「うちは地獄の釜が抜けるまで飲んでもよう飲まれんの。あのね」

「真夜」

地獄の釜の底が抜けたのかなと、一瞬思った。

俺たちの背後にはリチャードがいて、酔い覚ましの熱いミントティーをいれたカップをお盆に載せて持っていた。背筋がぞっとしたのは、冷たい風が吹いたからだろう。今までよく空がもってくれたものだが、いよいよ雨が降るのかもしれない。

「……邪魔したね。さすがに酔っぱらってもうたかも。退散、退散」

まあさん、と俺は呼んだ。彼女が振り向く。リチャードが少し怖い顔をしたが、見なかったことにした。

「さっき言いかけたことなんですが、俺は別に、誰に名前で呼んでもらっても構わないんです。誰が何て言ったって、俺がリチャード以外に『懐く』ことはないと思いますから」

だから大丈夫ですと。

俺がそう告げると、まあさんは目をきゅっと見開いて、一拍遅れて笑い始めた。

「左様ですか。ああ、そうやの。堪忍してね、中田正義はん。うちあんたのことを勘違いしとったみたい。もうあんたらに口を出すことなんて、何にもなかったね」

からからと笑いながら、まあさんは手を振って去っていった。酔っぱらっている、ように見えるが、眼差しはさっきからまるで変わっていない。本当にお酒に強い人は好きな時に酔ったふりができるからいいなと、俺はぼんやり思っていた。

まあさんがいなくなった寝椅子に、リチャードがすとんと腰を下ろした。茶運び人形のように、両手にお茶のお盆を捧げ持ったまま。

「リチャード」

「取れ」

「お、おう」

「そして飲め」

「うっす」

有無を言わさぬ口調は、まあさんもリチャードも共通である。それでいて相手を威圧しないのだから、不思議な弟子仲間だ。

熱々のミントティーはおいしかった。フランスから帰る空港で初めて飲んだのだが、長いミントの茎を束にして、耐熱コップにU字に入れて、そこに蜂蜜（はちみつ）とお湯をだばだば注いで混ぜた飲み物である。これがうまい。喉が痛い時にも効くし、すーすーするのでちょっとした気つけにも最高だ。ロイヤルミルクティーは夜に飲むと胃がもたれることもあるが、これならそういう心配もない。

　しかしリチャードがこれをいれてきてくれるとは、意外だ。

　冷ましさまし、口に運んだ金色のお茶は、五臓六腑に染みわたる味がした。

「……サンキュー。今日はお互い疲れたな」

「あなたほどではない。私は昨日からの合流だった」

　その後、俺たちの間には奇妙な沈黙が流れた。

　何から言おう。何を言おう。いろいろ考える。大体わかってはいる気がするのだが。

　俺が意を決した時、ちょうどリチャードも同じような決断をしたようだった。

「一つ言いたいことが」

「あなたにお話が」

　今度は見つめ合って、沈黙。俺たちはどうしようもない顔で笑った。リチャードが眉間に薄い皺を寄せながら、促す。

「どうぞ」

「じゃあ俺から。『懐く』って言ったけどな、あれは言葉の綾で」

「わかっていますよ」

「本当に言葉の綾で」

「ですからわかっています」

「シンプルに、お前以外の誰かをこんなふうに『好き』とは思わない、って意味だからな」

沈黙。

リチャードは、目をそらさなかった。ただ俺の顔をじっと眺めながら、少し呆れたような顔で笑っていた。俺の欲目かもしれないが、どこかでほっとしているようにも見える。そうなら嬉しい。

「ですから、それは、もう随分前から、わかっています」

よかった。

ありがとうと頷いて、俺はどうぞとリチャードを促した。今度はそっちの番だ。だがリチャードは、別にいいと言を左右にして答えない。あなたにお話が、などと言っておいてその仕打ちはないのではないだろうか。

俺が拗ねてみせると、リチャードは笑って、観念したようだった。

「お話というのは、あなたの進路選択に関することです」

「……………ああ、公務員と宝石商」

「はい」

日本の公務員試験には年齢制限がある。少しずつ緩和されている傾向にあるが、俺が目指している総合職は、おおよそ三十歳がボーダーだ。俺は今年二十三になった。来年の受験は考えていないから、チャンスは二十五歳からということになるだろう。

本当に日本で、そういう仕事がしたいのか。

今ここである程度の答えを出せと言われるのだと、俺は思った。そうでなければリチャードの今後の身の振り方も変わってくるだろう。

どちらかといえば宝石商に傾いている、でも勉強は続けたい、と俺が答えかけた、その時。

「私個人としては、あなたの選択を最大限尊重したいと思っています。ですが」

一つだけ、了承してほしいことがあると、リチャードは言った。

何だろう。この男がこんなふうに圧力をかけてくるのは初めてだと思う。何でも言ってくれと俺は請け合ったが、少し怖い。リチャードが俺から離れてゆこうとするのではないか。それだけが怖い。

リチャードは青い瞳を少しだけ細めて、微笑んだ。

「あなたに会えなくなると、私がとても寂しい。ですので、どちらの道で大成したとしても、月に一度か二度は、私のための時間をとっていただけると幸甚(こうじん)です」

「…………」

ため息をついたあと、俺は笑いだしてしまった。リチャードも笑っている。

「それは、俺が生きている限り、絶対に大丈夫だ」

「左様で」

「お前がいないと俺は調子が悪くなるから、酸素を吸うみたいに、水を飲むみたいに、絶対に会いに行く」

「私がお目にかかりにまいりますよ」

「どうかな、公務員になったらそうしてもらわなきゃならないこともあると思うけど、宝石商だったら二人で予定を繰り合わせられるだろ」

「それもそうですね。しかし公務員にも休暇が存在するのでは？」

「そうだなあ。そういう時にはどこかに出かけたりしてもいいかな」

「お土産話を楽しみにしています」

「俺だって楽しみだよ」

そう告げると、リチャードは微笑み返してくれた。嬉しい反面、どこかで寂しい。何故だろう。スリランカでの研修生活が終わることを、俺が自覚してしまったからだろうか。いや、そうではない。今までだって世界のあちこちを飛び回っていたのだ。このレジデンスへの愛着は、笠場大学や高田馬場のアパートと同じくらいだと思う。俺の大切な場所ではあるが、俺そのものに関係するかと問われるとそうでもない。

ただ、少し寂しいなと思った理由は、まあ、考えるまでもないわけで。

そういえば、今日リチャードが、何かそんな話をしていた気がする。

俺が一人で何か納得しているのを見とがめたように、リチャードが唇をとがらせている。

不機嫌ですよと意思表示してくれる時のこいつはそれほど不機嫌ではない。

「どうしました」

「いや、ちょっと」

昼間の話を思い出していただけだ。『あるべきところ』の話である。

物事は全て、あるべきところへ還ってゆくと。

あの話が本当だと仮定した話なのだが。

「あのさ、二つ……いや、一つ頼みたいことがあって」

「何でしょう」

二つのうちの一つを、言いかけて、俺はやめた。今頼むべきことではない。もう少し、何というか、積み重ねが必要になることだと思うから。だがもう一つのほうは、今頼みたい。是非、今。

「…………もしよければ、の話なんだけどさ」

「何なりと」

「……リチャード、俺の……あー、俺の…………その、俺のだな」

「あなたの？」

す、す、と俺は言いよどんだ。何だ『す』って。穴のあいた浮き輪でもあるまいに。思いきれ。清水（きよみず）の舞台からジャンプしろ。きっと下は、それなりに柔らかい大地だ。多分。

俺の口はようやく、正しく動いた。

「……俺の、『好きな人』になってくれないか？」

蚊帳の中に、不思議な沈黙が満ちた。

リチャードはぽかんとしている、はあ、そうですか、と言わんばかりだが冷たさはない。どこか温かく、子どもを見守るような顔だ。ああっ。またしても。俺は説明不足のまま、問題の核心だけ話すような真似をしてしまった。

「説明させてくれ。その『好きな人』っていうのはな」

「好きな人のことですね」

「そ、そうだな。いやそうじゃなくてさ」

「何が『そうじゃなくて』なのでしょう」

「お、俺は、その、あー……『好きな人』の、説明をしようと思って……」

なるほど、とリチャードはすっぱりした声で請け合ってくれた。冷たいほどの声である。しかし嫌な予感はしない。

これでもかというくらい、全く。

「『好きな人』。実にさまざまなニュアンスを内包した言葉ですね。端的な語ですが、含有する意味の幅は非常に広い」

「あ、ああ」

「整理しましょう。それは、あなたにとって、大切な人という意味ですか」

「……はい、そうです」

「あなたが大事にしたいと思う人ですか」

「そうです」

「時々一緒に出掛けたり、食事をしたり、犬を撫でたりしたい」

「そうです！」

「そして相手が自分に相談なく、どこか遠くへ消えてしまったり、身を損なうようなことをしたら、とても悲しく思ってしまう。そうですね」

「………うん。そうだよ」

頼むから、そんなことはしないでくれよ、俺もしないから、と。

もしこの頼みが受け入れられなかったとしても、それだけは守ってくれと祈るように、俺がゆっくりと応(こた)えると、リチャードは笑った。さっぱりとした笑顔だった。

「であれば、今までと変わらないではありませんか」

「え？」

「今までの私とあなたの関係と、一体何が違うというのです」

そう言われれば、まあ、そう言えないこともない。

俺たちの関係にはいろいろな名前があった。

上司とバイト、兄弟子と見習い弟子、友人同士と、今まで変化してきたようで、その実属性を付け加えてきただけの俺たちの関係に、もう一つ、何か付け加えてもいいかと。

そう尋ねたら、今更何だと言われた気がした。

言われてみれば、実際のところは、何も変わっていないのだ。

俺はこの人間が大切で、リチャードもまた俺を大切にしてくれる。

だから俺はこいつがとても好きだ。

それだけである。

「うん……そうか。そうだな」

「であれば、何故そこまで緊張する必要があったのです。『現状維持をさせてください』と、あなたは私に頼んだだけなのに」

わかっているであろうに意地が悪い。この男は日本人ではなくイギリス人だが、今までの付き合いからして、日本人のいう『好きな人』のニュアンスくらいはわかっているはずだ。それをしゃあしゃあと、ありがたいことこの上ない。厚意に甘えさせてもらおう。

「じゃあ、オーケーってことだな」

「ですから、今までと何ら変わらない状況のことに許可を求められても、言葉に困ります。ですが――そうですね、『お好きなようになさってください』と、お伝えしましょう」

こんなに優しく、柔らかい『いいですよ』のお返事を、俺は初めて受け取った。

そしてリチャードは、せっかくなので最初に言いかけたもう一つも言ってしまったらどうかと俺を促した。それは、言いたい。言いたいが、駄目だ。

それは俺の感覚では、今言うことではないのだ。

もう少し――せめてもう少し、宝石商らしいことができるようになってから、言わなければならない言葉だと思う。

俺がそう告げると、リチャードは微かに笑って、まあいいでしょうと引き下がってくれた。ありがたい。これ以上食い下がられたら、マシュマロよりも柔らかい中田正義防衛線が維持できたかどうか自信が持てない。

とりあえず今回はこれでよしとしよう。リチャードが俺の『好きな人』であることを受け入れてくれた。それだけで今はとても嬉しい。もう少し、実をいうと欲しいものがあるのだが、それはもっと先に申し込むまで待っておこう。自分を磨いて。

スリランカの夜は満天の星の夜である。

地方都市キャンディの山の中から見上げる空は、ジャングルの樹木の輪郭線(りんかく)が黒く浮かび上がる以外は、あたり一面星を散りばめた黒い天幕だった。蚊帳ごしでも大きな星の輝きははっきりとわかる。星の光を邪魔するものがないのだ。

「あーあ」

「何ですか。あくびにしては大仰ですね」

「いや」

実はさ、と俺は切り出した。もちろん隠しておくべきことは隠したままで。

これはほんの些細な、小さな願いごとではあるのだけれど。

「俺の『あるべきところ』が、お前の傍だったらいいのになあ」

流れてもいない流れ星に願いをかけるように、俺は少しだけ、大きな声でそう唱えた。

リチャードの返事は、ない。

笑われてしまったかなと思いながら頭を巡らせると、リチャードはあっけにとられたような顔をしていた。

「あ……どうした？」

「なんでもありません。いえ……あるのかもしれませんが。それは一体……？」

「ほら、今日話してくれただろ。『物も人も、みんなあるべきところへ還ってゆくものだ』って。だったら、俺の『あるべきところ』が、お前の隣だったらいいのになと思って
……リチャード？」

「流れ星です」

「うわっ、早く言ってくれよ！　どのへんだ？　他にも流れるかなあ」

俺は蚊帳の内側から空を見上げた。流れ星というのはかなり、小さい星である。もちろん蚊帳なしで、部屋の内側からガラス窓ごしに夜空を見上げている時などにはよく見える

が、今のところ俺は蚊帳の内側から見つけたことはない。だがリチャードが流れていると言うのだから、それは流れているのだろう。声が少し震えていたが、それは流れているのだろう。何かを見られたくないと思っている時のリチャードの顔を見ようなどと俺は思わない。それよりも流れ星を探したい。というより上を向いていたい。何故か俺は今泣きそうになっているのだ。

ずーっとはなをすすって、俺が横を向いた時には、リチャードは涼しい顔をしていた。多少、はなを拭ったようなことがあるのかもしれないが、音は聞こえなかったし、俺は何も見ていない。この男がいつも美しいのは変わらない。だが今は、だめだ。美しさが一周回って、流れ星よりも神々しいほどだ。

「…………見つからなかったなあ」

「次がありますよ」

「うん」

熱帯の夜とはいえ、太陽が消えると空気は冷える。明日の朝はパーティ第二弾ならぬ、客人全員分の朝食をテーブルに並べておく仕事が待っている。ホストは早めに休むべきかもしれない。

そろそろ中に入ろうかと促し、立ち上がりかけた俺は、派手にサロンの裾をひかれて転びかけた。どこかに引っ掛けたのかと思いながら振り返ると。

白い手が、デパートにやってきた子どものように、俺の服を引っ張っていた。

はいはいご用は何ですかと、さっきまでと同じ位置に腰かけて顔を覗き込むと、リチャードはテーブルの上からミントティーの盆をもちあげて、ぼんと俺の膝の上に乱暴に降ろした。重石(おもし)でも載せたつもりなのだろうか。

「もうしばらくそこに座っていなさい」

「……別にこんなもの載せなくても、どこにも行かないよ」

「左様でございますか」

「うん」

促されるまま、俺は夜のスリランカの空気を胸に吸い込んだ。湿度が高く、蚊帳の外には虫が飛んでいて、リチャードは美しい。そして、ここにいていい、ここにいろと、大切な相手に言われることは嬉しい。部屋の金庫にしまってあるホワイト・サファイアを、きちんと磨いてやらなければなと、俺は冷めたミントティーを飲みながら思っていた。

もうしばらくここでこうして、二人で世間話でもしながら過ごせたらいいなと思っていると、レジデンスの中からクゥウという寂しそうな声が聞こえてきた。ジロー。今日一日大人しくしていて、ヨアキムさんのなでなで攻撃にも屈せず頑張っていたジロー。おいでと呼ぶと、スリランカのあちこちでよく見る雑種の、しかし俺にとってはただ一匹のかけがえのない犬が、俺とリチャードの間に滑り込んできた。二人に撫でてほしいらしい。

今日は一日いい子にしていて偉かったな、とても偉かった、グッボーイ、グッボーイと撫でまくると、ジローは目を細めて再び喉を鳴らし、砂浴びをする野生動物のように、狭いスペースでゴロゴロ体をよじって転がってみせた。なんて可愛い生き物なんだ。

それにしても。

ひょっとしなくても、俺はこれからも、ジローを一人で置き去りにして出かけるようなことが、たびたびあるのだろうか。あると思う。

俺はふと、以前から考えていたことを思い出し、顔を上げた。

「リチャード」

「何です」

「大事なことを、相談したいんだけど」

リチャードの白い顔がにわかに緊張した。ややあってから、美貌の男はけぶるような眼差しで、どうぞ、と俺を促してくれた。あまりの美貌にめまいがする。どうして最近のこいつはこんなに美しいのだろう。逆だろうか。どうしてこんなに最近リチャードの美貌が目の奥に突き刺さってくるように感じるのだろう。日を追うごとに美しくなる、魔力を感じるほどだと言っていたのはシャウルさんだったか。全面的に俺も同意する。

それはさておき。

「あの、さ」

「ええ」

「…………もう一匹、犬、飼わないか？」

グウウ、というどこか不満げなジローの声とともに、リチャードは呆けた顔を見せたあと、子どものような顔で笑ってくれた。

エピローグ

昼の銀座通りは、平日でもめまぐるしい人の出だ。

どこの国の誰なのか、識別しようとするのが馬鹿馬鹿しくなるほどの人、人、人。入り乱れるいろいろな言語。老若男女。記念撮影に興じる観光客。

その片隅で、俺は人を待っていた。

そのうちやってくる、そのうち、と思いながら、ビルディングを背に左右を見回してしまう。まだ待ち合わせ時間の三十分前だというのに。でもあいつのことならそのくらい前に到着して待っていてくれたっておかしくはない。

そもそも、待っているのが苦痛ではない。それどころか楽しい。

だって待っていれば、誰かが俺のところに来てくれるのがわかっているのだ。

こんなに贅沢な時間の使い方もないだろう。

そう思いながら、背の高いビルディングを見上げていると、遠くから声が聞こえてきた。

俺の名前を呼ぶ声だ。

「正義(せいぎ)」

聞き慣れた声を、俺の耳が懐かしいと感じている。場所のせいだろう。俺が振り向くと、そこにはスーツケースを引いて颯爽(さっそう)と歩いてくる、美貌(びぼう)の男の姿があった。

リチャード。

「よう！　早く着きすぎちゃってさ。気を回させたかな」

「私も偶然早く着きすぎただけですので」

「じゃあ、とりあえず」

「ええ、とりあえず」

とりあえず資生堂(しせいどう)パーラー。

待ち合わせをしたビルディングの中に、俺たちは連れ立って入った。腹が減っては何とやらである。オムライスにしようかな、と俺が呟(つぶや)くと、リチャードが笑った。やはり懐かしいのだろう。俺も同じだ。甘酸っぱいような、こそばゆいような、不思議な気分を、俺はパーラーのエレベーターの中で噛(か)みしめていた。鏡張りの天井から、俺が俺を見下ろしている。まあ、今だけは構わないだろう。

そんな甘いことを言っていられるのは、今のうちだけなのだし。

銀座のエトランジェは、平日は休み、土日営業という形態で営業を続けている。だが流石に最近は土日の休みが多すぎて、なかなかお客さまにフレンドリーになりきれないと、シャウルさんはこぼしていた。

今日この日、拠点であるスリランカから日本に戻ってきた目的は、他でもない、中田正義のエトランジェ訪問である。

「さて、中田さん。ＦＧＡの取得、大変おめでとうございます」

「ありがとうございます。最終試験、シャウルさんが仰ったとおり、時間が足りなくて死ぬかと思いました」

今も昔も変わりませんねと俺のボスは笑った。そして、言う。

「つきましては、あなたの忌憚ないご意見をお聞かせ願いたい。どうします、この先？」

このために。

俺はこの場所へ呼ばれたのだ。

二年間の猶予期間は去った。二十三歳だった俺は二十五歳である。選ばなければならない時がついにやってきた。公務員か、宝石商か。

シャウルさんは俺のＦＧＡ取得にかこつけて、こうした席を設けてくれた。お祝いの席だと聞かされていたが、俺のボスがそんな博愛精神豊かでシンプルな紳士ではないことは、もういやというほど知っている。

だから。

俺だって考えてきたのだ。

言いたいことを言うチャンスは今しかない。俺はまず、シャウルさんとリチャードに、これまでのスリランカ生活をはじめとする、数々の面倒をみてくれたことに感謝の言葉を述べた。言葉で言い尽くすことは難しいほどだが、ともかく下げられる頭は下げておきたい。

そして俺は顔を上げ、シャウルさんに向き直った。リチャードが俺の背後に立つ形になる。このポジションで言えることは幸いかもしれない。

「でも、シャウルさん、申し訳ありません。俺は宝石商にはなれないと思います」

「なるほど。では」

「でも官僚になるつもりもないんです」

シャウルさんが、ちょっとだけ驚いた顔をする。もう少し説明させてくれ。

そして俺は後ろを向いた。美貌の男も眉根を少し、寄せている。

「リチャード、いきなりでごめん。提案させてくれ」

「……私に？」

お前にだと俺は力強く宣言した。今ほど自分という人間が大きくて頼り甲斐があって自信満々に見えてほしいと思ったことはない。本当にそうであってほしい。

「俺を、お前の業務全般をサポートする、専属秘書にしてくれないかな」

専属秘書。

それ以外どう表現したらいいのかわからないので、暫定的に『秘書』だが、いわゆる秘書さんが請け負う以外の諸問題も引き受ける業務が、俺の理想の専属秘書である。

宝石商としてのリチャードも、貴族の相続問題のゴタゴタに頭を悩ませる大金持ちとしてのリチャードも、もし必要になることがあれば、随時それ以外の部分も。

全体的にバックアップしてゆく万能秘書、強いて言うなら執事さんみたいになれないものだろうか。

それが俺の望みである、と俺がぶちあげると。

シャウルさんはしばらく静かな貌をして、質問を、というように一本指をかかげてみせた。どうぞ。質疑応答である。

「宝石商としての業務もサポートするとのことでしたが」

「はい」

「では何故、FGAまで取得したにもかかわらず、中田正義という独立した宝石商の道を志さないのですか?」

「宝石の道をすっぱり切り捨てるつもりはないんです。ただ、それも包括した、もっと幅広いポジションからリチャードを支えたいと思った時、一つの役職にだけ軸足を置くのは、リスクがあると思いました」

「リスクとは？」

リチャードが宝石商をやめたいと思った場合、ではない。俺が宝石商をやめたいと思った場合、でもない。問題はもっと大きなものなのだ。

俺が独立して、仕事をするようになった場合、お客さまの都合を優先させなければならないだろう。宝石商ならば石を見たいというお客さまを、あるいは最近とても好調にニューデザインでとばしているまあさんを紹介してほしいという方を。国家公務員になるのだとしたら、上から下へと落ちてくる業務の消化を第一に。

それはちょっと困る。

何故なら、深く深く考えた結果、俺という人間は、「明日までの業務があるけれど地球の裏側でリチャードがピンチかもしれない」と思ったが最後、全てを振り捨てて航空券を取ってしまうからだ。この二年間の、いやそれ以前からの行動がそれを証明している。学生時代から俺のことを知っていて、今ではさまざまな媒体で音楽を配信している某ミュージシャンに相談したのだが「弁解の余地なし」と切り捨てられた。

個人的な意見になるが、配偶者だろうが子どもだろうが、『個人の宝物の大事さ』のランクが『公的な仕事の大事さ』の数ランク上にある人が、一般的なお客さま第一の職務を全うするのは、結構な難事なのではないかと思う。その人が心配性であればなおさら、心配する相手が世界一の美貌と優しさの持ち主なんかであればなおさらもなおさらである。そういう人のところにお客さまとして訪れる人は、多かれ少なかれ天災のようなリスクを覚悟しなければならないだろう。相手の大事な人がトラブルに巻き込まれないことを祈るしかないのだ。そんなのは困る。俺も困るが俺の相手をせざるをえなくなってしまった人はもっと困るだろう。申し訳ない。

だとしたら。

もう最初から、二つの『大事さ』を合致させてしまえばよいのではないか。

それを仕事にしてしまえばよいのではないか。

好きを仕事にするのはよいとかよくないとか、そういう話を就職活動をしている時にはしばしば耳に挟んだ。要するに個人の資質の問題らしい。選択の余地がある話だ。しかし事ここに至ってしまえば——つまり今までの暴走の実績だ——選択の余地はない。

リチャードだ。

俺の仕事はリチャードだ。リチャードがいい。それが一番、俺にとっても、赤の他人にとっても、迷惑がかからず、かつ幸せなことなのではないかと思う。

問題はそれが、リチャードにとっても幸福であってくれるか否かだ。

大真面目にそう論じると、シャウルさんは最初の十秒、だんまりを決めていた。

そしてきっちり十秒後、大口を開けて笑い始めた。カバの親分にばけたランプの魔神が、あくびのついでに爆笑しているような大笑いだった。隣の寿司屋の大将に、さっきのあれは何だったんですかと質問されたらどうしよう。

「なるほど。ではあなたの心は決まっているわけだ」

「はい」

「英国貴族のすねをかじる寄生虫、と呼ばれかねないことに関しては？」

「師匠」

リチャードの声がシャウルさんに突き刺さる。だが俺は気にせず続けた。

「気にしません。実際にそうなるにしても、構いません。何て呼ばれるにしろ、俺にとって大切なことは一つなので」

「大事な相手の傍にいること、と」

「はい、そうです。いや……なんか、言葉にすると恥ずかしいですね」

「たいていの日本人は言葉にしなくても同じことを感じるかもしれませんよ」

「え？　そ、そうですかね。ああ、ちょっと感覚がズレてきたかな」

「……………まあいいでしょう」

それなりにあちこちの国を巡っている間に、日本人としての肌感覚のようなものが少し今までとズレてきたのかもしれない。だがそれも些末なことだ。俺の望みはシャウルさんが言ってくれた通りのことなのだから。

ただし俺もリチャードも人間だ。本格的な仲たがいを起こしたりして、業務の平滑な遂行が難しくなることがあるかもしれない。そういう場合は、一時的に解雇してもらい、俺の貯金で食いつなぐ、あるいは宝石商としての業務を手伝わせてもらえたらありがたい。駄目だったら通訳やコンビニのバイトをすると思う。スリランカで大人気だという、空手の先生も少しやってみたい。ほどほどにシンハラ語ができるようになった今なら、それほど無茶でもないだろう。

そしてほとぼりが冷めたら、再雇用の打診をするのだ。

可能性はいろいろ考えていますと、俺は胸を張って受け応(こた)えた。いくらでも来いというものだ。もうこれだと俺は決めたのだ。開き直ってしまえば人間は強い。

シャウルさんはしばらく、麗(うるわ)しの口ひげをしごいていたが、けだるい仕草で弟子を見やった。

「ということだそうですよ、リチャード」

話の中心でありながら、シャウルさんという壁を中継して、情報のボールを浴び続ける羽目になってしまったリチャード。今どんな顔をしているのだろう。気になって、俺は少しだけ振り向いた。

俺のほうを見ているかと思いきや、美貌の男はそっぽを向いていた。

そしてぼそぼそと口を動かす。

「…………せん」

「ん？　何です」

「……不都合は、ありません」

「答えになっていませんね。それは消極的なイエス？　であれば中田さんのためにも」

「イエス。積極的なイエスと言わせていただきます」

「だそうですよ、中田さん」

やった、と叫んで俺は飛び跳ねた。可愛いジローとサブローとの生活が長くなったためか、リチャード曰く俺のリアクションはだんだん犬に似てきたらしい。嬉しい。とても嬉しい。内定が決まりましたと俺の上で神さまが告げてくれたような気がする。今までの人生で一番『俺は一体どうしたいのか』と考えた末に出てきた、もうこれしかないという決断が報われた。

ほっとする。

それにこれでリチャードと俺とで可愛がってきたジローとサブローの『親権』の行き先を考えなくて済む。何より一番大事なこととは言えないが、それでも俺には十分大事なことだった。ありがたい。これからも二人と、留守番時にいつもお世話になっているお隣のヤーパーさんの三人で、温かく見守ってゆきたい。

「……ジェフリーさんに弟子入りしなくちゃな。まずはタイムスケジュールの組み方を勉強しないといけないよ」

　軽口をたたく俺の前で、リチャードはシャウルさんに何事かを申し付け、はいはいと笑いながらシャウルさんは奥の部屋へと引っ込んでいった。開いた扉の奥に見える内装は以前のままだ。

　ぱたんと、音を立てて扉が閉まると、リチャードは柳眉を逆立てた。

「…………何故これほど大事なことを、土壇場まで私にも黙っていた」

「『考え直せ』って言われるかと思ってさ」

「おわかりになっているならばよろしい」

「そう言われても考え直さないから言わなかったんだよ」

「あなたという人は」

　俺はにっこりと微笑んでみせた。おかげさまで中田正義もしたたかになってきたものだ。リチャードの心配しそうなことは、思いつく限り全て先回りして言葉にしておいた。だからもし、それ以外に何か言いたいことがあるのだとしたら、それは俺の予想を超えた言葉である。覚悟しなければならない。お前のことは最近そんなに好きじゃないからやめてほしいとか。そんなことを言われたら号泣しそうな気がする。多分ないとは思うが。

　だんまりで俺を睨みつけているリチャードに、俺は笑顔のまま告げた。

「あのさ、何回でも言わせてほしいんだけどな、俺はお前が大切で、幸せになってほしくて、何かサポートできることがあるなら、何でもさせてほしいんだよ。多分それが今の俺の最大の望みで、捨て身とか献身とか、恩返しとか損得勘定とか、そういうのは全部抜きにして……いやもしかしたらあるのかもしれないけど、そういうことを含んだとしても、それが俺の、一生を通してやりたいことなんだよ。その過程で、秘書だったり宝石商だったり、お前のボディーガードだったり、いろいろやらせてもらう機会があるかもしれないけどさ、それは結果論で、そういうものが俺の目的にはぴったりなんだよ」

「…………………」

「リチャード・ラナシンハ・ドヴルピアンさん、お願いです。俺のわがままを叶えてやってください」

ちなみに両親には相談済みですと、俺はきちんと言い添えた。

耳が痛くなるほどの沈黙。すなわちこれは隣の部屋でシャウルさんが全てのことを聴いているという意味でもある。そうでなければ少しくらいの生活音は聞こえてくるものだ。

リチャードは小さくため息をついたあと、俺のほうを見て、尋ねた。

「……………期限は？」

「え？」

「その万能秘書の業務の、契約期限はとお尋ねしております」

「ああそれは、その…………さしあたり十年くらいどうかな」

「ふざけるな。長すぎる」

「いやいやいや、待ってくれ。十年ってあっという間だと思うぞ。あっという間に」

「あっという間にあなたは三十五、私は五十の坂を見据えることになります。それでもあなたは」

「お前の傍にいたい」

リチャードはしばらく、黙っていたが、思いついたように俺に視線を流してきた。氷のように冷たい、美しすぎるほど美しい表情で、俺は少しどきりとする。

「十年間ですか。その間に私にステディな相手ができ、婚姻関係を結んだとしたら？」

「あー、じゃあ、ベビーシッターの資格も取得しておこうか？」

「殴らせていただきたい」

「冗談、冗談だよ」

実際そうなっても、俺はまあまあやっていけると思うけれど。

この男は、多分そういうことはしないだろうなと、さすがの俺もわかっている。

そういうものを全部ひっくるめて、俺のために時間を作ってくれというのではなく、お前の時間を俺にくれと頼むようなことを、俺はしてしまったと思う。

だがそれ以外、どうしたらこの男を、俺のできる範囲で最大限に幸せにできるのかわからない。

　もう俺と一緒に開き直ってくれよと、力のない笑みを浮かべると、美貌の男は拗ねたような顔をしたあと、いつものように笑ってくれた。俺はリチャードの笑顔が好きだ。美しいとかきれいだとか、そういうことも感じるが、それより何より、ほっとする。最近の俺は、何故だかその感覚を一番嬉しく思ってしまう。

「…………どう説明すればよいのでしょうね」

「え？」

「私がアメリカ合衆国なり、フィリピンなり、香港なりナイジェリアなりを訪れた際、いつも隣にいるあなたの存在を、一体どう説明すればよいものかと、考えていました」

「『秘書です』は？」

「業務の実態にそぐいません」

　そう言われてしまえばそうである。でも秘書でいいんじゃないかなあと、俺が首をかしげていると、リチャードはそっぽを向きながら、そうですねと吐息のような声で言った。

「差し詰め『私の大切なパートナーです』とでもご紹介しましょうか」

「了解だ親分！　ビジネスでもそうじゃなくても、お前のパートナーになれるなら嬉しいよ」

「そのつもりです。が、やはり十年は長すぎます。一年ごとの契約更新でいかがです」

「煩雑じゃないかなあ」

「一年」

「三年で……」

「では二年ですね」

やった。俺はガッツポーズを作った。

「よしきた！　二年でも何年でもいい！　ありがとうリチャード。俺全力で頑張るから、どんどん無茶ぶりしてくれ。いくらでも励むからさ」

「では、そういうことで。――師匠！　終わりましたよ」

「やれやれ、もっと長話をしてくれてもよかったものを。あなたの弱みを握るチャンスだった」

「冷や水は体に毒ですよ」

「肝が太くなってきましたね。まあ、弱みなど今更でしたか」

優雅に口ひげを揺らして笑うシャウルさんを背に、リチャードは俺に向き直った。

「正義」

「あ、あぁ」

「握手を」

「……うん」

俺は笑い返し、右手を差し出した。リチャードも右手をくれる。細い手を、俺はぎゅっと握りしめた。

よろしく。どうぞよろしく。

俺はこの手をずっと放したくない。

長い握手のあと、リチャードはすました顔で微笑んでいた。

「これからも、どうぞよろしく。中田正義さん」

「俺のほうこそよろしく頼むよ。末永く」

「おほん」

「おや、どうしましたかリチャード」

「何でもありません」

それからひとしきり、俺たちは懐かしい懐かしいという会話を繰り広げた。エトランジェの内装はほとんど変わっていない。ガラスのローテーブルもぴかぴかだ。そのうちここにヴィンスさんを呼ぶ予定なので、その時彼にこのテーブルを見せて、ちょっと嫌な顔をさせるのが楽しみである。マリアンさんとの第一子を記念するバースデーリングは、もうまあさんが気合を入れてデザインし、金型の発注まで終わっているのでほとんど心配はないだろう。彼が準備した予算を、ヘンリーさんとオクタヴィアさんが二人でもりもり膨らませたことは、まだ彼らには秘密である。それから。それから。いろいろと楽しみなことが盛りだくさんだ。

赤いソファに腰かけて、リチャードは笑い混じりに言った。

「まったく。ここで初めてあなたと顔を合わせた時には、これほど長い付き合いになるとは思ってもみませんでした」

「俺だって考えもしなかったよ。ああ、そろそろお茶をいれなきゃな」

「よろしくお願いいたします」

「任せとけ」

抑揚をつけた言い回しにリチャードが笑っている間に、俺は厨房に回って——スリランカの家具の基準に慣れると、これが少し高く思えてくるから不思議だ——茶葉を投入し、湯を沸かし、ぼわぼわしてきたところでシャウルさんが買っておいてくれた牛乳を投入し、最後に所定の量の砂糖をぼんと投入して、よく混ぜた。

ロイヤルミルクティーのできあがり。

これがなんと、日本で生まれたお茶であるというのだからびっくりだ。

味わいはスリランカでお馴染みのお茶、キリテーにそっくりである。だがキリテーは粉末に湯を注ぐだけでもすぐに飲める、インスタント飲料の印象が強い。リチャードが愛するお茶は、この何がロイヤルなのかもわからないロイヤルミルクティーなのである。

いろいろな要素や購買層へのアピールがごちゃ混ぜになって、日本で命名された。

不思議な来歴を持つ宝石みたいだなと、今は少し思う。

まるで俺の大好きな誰かのように。

お盆の上にマグを三つ載せて、俺は応接間に戻った。

すると。

「正義、FGAの取得、改めておめでとうございます。あなたの努力は敬服に値します」

「サプライズ、中田さん。あなたのボスとして、心からのお祝いを申し上げましょう」

ぱーんと音がして、二人がクラッカーを鳴らしていた。誰の指導か、ロイヤルミルクティーに紙紐(ひも)や紙吹雪(ふぶき)が入らないように、明後日(あさって)の方向に口を向けて。お祝いだ。本当に俺のお祝いをしてくれたのだ。多忙極まりないこの二人が。

「……ありがとうございます」

「これからも、どうぞよろしく。中田さん」

「はい！　よろしくお願いします。シャウルさん」

「おや、あなたが就職したがったそちらの麗人(れいじん)には言わないのですか」

「それはさっき済ませたので」

リチャードが少しむっとした顔をしたので、あとでもう一度よろしくお願いしますの儀を執り行うべきかもしれない。何度でもいい。ありがたいことは何度でもさせてもらいたいものだ。

リチャードはカップを軽くかかげ、朗らかに言った。

「乾杯」

ロイヤルミルクティーで乾杯。

なかなかエトランジェらしい光景である。俺もならってカップを差し上げると、シャウルさんもやれやれという顔で付き合ってくれた。

乾杯と言いながら、俺たちはロイヤルミルクティーに口をつけた。

今まで通り、これからの未来に思いを馳せながら。

※この作品はフィクションです。実在の人物・団体・事件などにはいっさい関係ありません。

集英社オレンジ文庫をお買い上げいただき、ありがとうございます。
ご意見・ご感想をお待ちしております。

● あて先
〒101-8050　東京都千代田区一ツ橋2-5-10
集英社オレンジ文庫編集部 気付
辻村七子先生

宝石商リチャード氏の謎鑑定

久遠の琥珀

集英社
オレンジ文庫

2020年6月24日　第1刷発行

著　者　辻村七子
発行者　北畠輝幸
発行所　株式会社集英社
〒101-8050東京都千代田区一ツ橋2-5-10
電話【編集部】03-3230-6352
【読者係】03-3230-6080
【販売部】03-3230-6393（書店専用）
印刷所　図書印刷株式会社

※定価はカバーに表示してあります

ISBN 978-4-08-680323-6 C0193

集英社

辻村七子

イラスト／雪広うたこ

A5判ソフト単行本

宝石商リチャード氏の謎鑑定
公式ファンブック
エトランジェの宝石箱（ジュエリー・ボックス）

ブログや購入者特典のSS全収録ほか、
描きおろしピンナップや初期設定画、
質問コーナーなどをたっぷり収録した
読みどころ&見どころ満載の一冊!

好評発売中

【電子書籍版も配信中　詳しくはこちら→http://ebooks.shueisha.co.jp/orange/】

集英社オレンジ文庫

はるおかりの

後宮染華伝

黒の罪妃と紫の寵妃

争いの絶えない後宮を統率する命を受け、
後宮入りした皇貴妃・紫蓮。皇帝とは
役職上の絆で結ばれているのみ。
皇帝にはかつて寵愛を一身に受けながら
大罪を犯した妃の存在があったのだが…。

集英社オレンジ文庫

阿部暁子

原作／咲坂伊緒

実写映画ノベライズ

思い、思われ、ふり、ふられ

同じ高校に入学し、同じマンションに
暮らすことになった性格も恋愛観も違う
4人の高校生たち。それぞれに秘密や
葛藤を抱えた複雑な想いが絡みあい、
切ない恋が動きだす——。

コバルト文庫　オレンジ文庫

「ノベル大賞」

募集中！

小説の書き手を目指す方を、募集します！
幅広く楽しめるエンターテインメント作品であれば、どんなジャンルでもＯＫ！
恋愛、ファンタジー、コメディ、ミステリ、ホラー、ＳＦ、etc……。
あなたが「面白い！」と思える作品をぶつけてください！
この賞で才能を開花させ、ベストセラー作家の仲間入りを目指してみませんか⁉

大賞入選作

正賞の楯と副賞300万円

準大賞入選作

正賞の楯と副賞100万円

佳作入選作

正賞の楯と副賞50万円

【応募原稿枚数】

400字詰め縦書き原稿100～400枚。

【しめきり】

毎年1月10日（当日消印有効）

【応募資格】

男女・年齢・プロアマ問わず

【入選発表】

オレンジ文庫公式サイト、WebマガジンCobalt、および夏ごろ発売の文庫挟み込みチラシ紙上。入選後は文庫刊行確約!
（その際には、集英社の規定に基づき、印税をお支払いいたします）

【原稿宛先】

〒101-8050　東京都千代田区一ツ橋2-5-10
（株）集英社　コバルト編集部「ノベル大賞」係

※応募に関する詳しい要項およびWebからの応募は
公式サイト（orangebunko.shueisha.co.jp）をご覧ください。